सब मिट्टी

ग़ज़ल संग्रह

दीक्षित दनकौरी

वाणी प्रकाशन

सौजन्य

basant chaudhary foundation

वाणी प्रकाशन
4695, 21-ए, दरियागंज, नयी दिल्ली 110 002
फ़ोन : +91 11 23273167 फ़ैक्स : +91 11 23275710
शाखाएँ
अशोक राजपथ, पटना 800 004, बिहार
कॉफ़ी हाउस कैम्पस, महात्मा गांधी मार्ग, इलाहाबाद 211 001, उत्तर प्रदेश
महात्मा गांधी अंतरराष्ट्रीय हिंदी विश्वविद्यालय, वर्धा 442 001, महाराष्ट्र
www.vaniprakashan.com
marketing@vaniprakashan.in
sales@vaniprakashan.in

Sab Mitti
by Dixit Dankauri

ISBN : 978-93-5518-892-2
Ghazal Collection

प्रथम संस्करण 2023

मूल्य : ₹ 399

आर. टेक ऑफ़सेट प्रिंटर्स, दिल्ली-110 032 में मुद्रित

वाणी प्रकाशन का लोगो मक़बूल फ़िदा हुसेन की कूची से

ऐ ग़ज़ल पास आ गुनगुना लूँ तुझे,
तू सँवारे मुझे, मैं सँवारूँ तुझे।

اے غزل پاس آ گنگنا لوں تجھے
تو سنوارے مجھے، میں سنواروں تجھے

तेरे ही दम पे मेरा अब सफ़र ये जारी है,
भटक न जाऊँ कहीं, तेरी ज़िम्मेदारी है।

ترے ہی دم پہ مرا اب سفر یہ جاری ہے
بھٹک نہ جاؤں کہیں، تیری ذمے داری ہے

अनुक्रम

पुरोवाक

दीक्षित दनकौरी समकालीन हिंदी ग़ज़ल के शिखर-पुरुष हैं। मैं इन्हें दुष्यंत कुमार के बाद हिंदी ग़ज़ल का दूसरा शिखर मानता हूँ। यह अत्यंत हर्ष का विषय है कि इनका दूसरा ग़ज़ल संग्रह 'सब मिट्टी' शीर्षक से प्रकाशित हो गया है। यह सर्वज्ञात है कि दुष्यंत कुमार, अदम गोंडवी और दीक्षित दनकौरी ने हिंदी ग़ज़ल को स्वतंत्र व्यक्तित्व प्रदान करने के साथ-साथ उसे समय-समाज, जीवन एवं जगत के वृहत्तर संदर्भों से जोड़ने का गंभीर प्रयास किया है। इसके पूर्व ग़ज़ल प्रेमी-प्रेमिका के पारस्परिक वार्तालाप अथवा सुन्दर स्त्री से बातचीत के अर्थ में रूढ़ थी। इन तीनों ने भारतीय जनमानस और जनजीवन के अनेक संदर्भ हिंदी ग़ज़ल में उपलब्ध कराए हैं। अतः हिंदी ग़ज़ल की परंपरा में इनका अनन्य स्थान है।

जब हम हिन्दी ग़ज़ल के उद्‌भव पर विचार करते हैं तो पाते हैं कि कतिपय विद्वान हिंदी के आरंभिक कवि सरहपा तक उसे खींचकर ले जाते हैं। लेकिन वह अरबी-फ़ारसी की जिस परंपरा से निर्मित हुई है वह अपने वास्तविक स्वरूप में अमीर खुसरो से आरंभ होती है। इनकी द्विभाषिक ग़ज़ल

ज़िहाल-ए मिस्कीं मकुन तगाफ़ुल'
दुराए नैना बनाए बतियाँ।
कि ताब-ए-हिजराँ नदारमे जाँ,
न लेहो काहे लगाए छतियाँ।

अतिशय लोकप्रिय है। चूँकि खुसरो की मातृभाषा ब्रज थी और शिक्षा की भाषा फ़ारसी अतः उन्होंने दोनों के समन्वय से ऐसा प्रयोग किया। ऐसा करने से भारतीय संगीत के साथ अरबी-फ़ारसी संगीत के सम्मिश्रण का सुअवसर प्राप्त हुआ। बावजूद इसके अमीर खुसरो यहीं नहीं रुकते और वे खड़ी बोली हिन्दी में ग़ज़ल लिखने का गंभीर प्रयास करते हैं। इनकी दूसरी ग़ज़ल हिन्दी ग़ज़ल के स्वाभाविक अनुशासन में है। वे लिखते हैं कि:-

जब यार देखा नैन भर, दिल की गई चिंता उतर,
ऐसा नहीं कोई अजब राखे उसे समझाय कर।

जब आँख से ओझल भया, तड़पन लगा मेरा जिया,
हक्का इलाही क्या किया, आँसू चले भर लाय कर।
तू तो हमारा यार है, तुझ पर हमारा प्यार है,
तुझ दोस्ती बिसियार है, एक शब मिलो तुम आय कर।
जाना तलब तेरी करूँ, दीगर तलब किसकी करूँ,
तेरी जो चिंता दिल धरूँ, एक दिन मिलो तुम आय कर।
मेरा जो मन तुमने लिया, तुमने उठा ग़म को दिया,
तुमने मुझे ऐसा किया, जैसा पतंगा आग पर।
खुसरो कहै बातें ग़ज़ब, दिल में न लावे कुछ अजब,
कुदरत खुदा की है अजब, जब जिव दिया गुल लाय कर।

इस तरह अमीर खुसरो ने ब्रज-फ़ारसी मिश्रित खड़ी बोली में हिंदी में ग़ज़ल लिखने का प्रयास आरंभ किया। इसके उपरांत कबीर ने भीः-

'हमन है इश्क मस्ताना, हमन को होशियारी क्या
रहें आजाद या जग में, हमन दुनिया से यारी क्या
जो बिछड़े हैं पियारे से, भटकते दर-ब-दर फिरते
हमारा यार है हम में, हमन को इंतजारी क्या'

लिखकर इस परंपरा को पुरस्कृत किया। तदुपरान्त उर्दू ग़ज़ल ने ऐतिहासिक उपलब्धियाँ अर्जित की और आधुनिक काल में भारतेन्दु हरिश्चंद्र ने इसका पुनराविष्कार किया। इसे महाकवि जयशंकर प्रसाद, निराला, शमशेर बहादुर सिंह, फ़िराक़ गोरखपुरी, गोपाल दास नीरज, दुश्यंत कुमार, अदम गोन्डवी, कुंवर बेचैन और दीक्षित दनकौरी ने अपने-अपने स्तर पर आगे बढ़ाया है। इन्होंने उसके अंतर्विधान को नया रूप प्रदान किया है। अब हिंदी ग़ज़ल अरबी-फ़ारसी एवं उर्दू के रूपात्मक तंत्र से काफी अलग और स्वतंत्र व्यक्तित्व रखने वाली है। उसकी अन्तर्वस्तु अतिशय व्यापक एवं जीवनधर्मी हो गई है। वह समकालीन यथार्थ के चित्रण के साथ-साथ मानवीय संस्कृति और उसमें निहित अंतर्विरोधों का भी सर्वांगपूर्ण रूपायन कर रही है। दीक्षित दनकौरी ग़ज़ल के संपूर्ण मिजाज़ से परिचित हैं। आप शब्दों और संवेदनाओं को जिस सहजता, तटस्थता, गहनता और सर्जनात्मक पाठ-वितान के साथ प्रस्तुत करते हैं उससे जीवन और ग़ज़ल को एक-दूसरे से अलग करके देखना पाठक के लिए मुश्किल हो जाता है। इनकी ग़ज़ल वर्तमान जीवन और जगत की तमाम विसंगतियों एवं अंतर्विरोधों को बड़े निस्संग भाव से प्रस्तुत करती है। चूँकि इनके

मन में कोई आग्रह-दुराग्रह नहीं है अतः आप जीवन के अनावृत यथार्थ को पूरी मर्मस्पर्शिता के साथ प्रस्तुत करती है। इस दृष्टि से आत्मकथात्मक शैली में लिखे गए कतिपय शे'र चिंतनीय बन पड़े हैं:-

बाज़ारे-नुमाइश में, मैं किरदार सँभालूँ,
घर-बार सँभालूँ कि तेरा प्यार सँभालूँ।
काँटों से भरा ताज ये पहना दिया है,
दरबार सँभालूँ कि मैं सरकार सँभालूँ।
कश्ती का भरोसा है, न माँझी पे यक़ीन अब,
फिर क्यों न उठूँ खुद ही मैं पतवार सँभालूँ।

इस तरह दीक्षित जी अपनी संवेदना को पांच शे'रों वाली ग़ज़ल में जिस प्रकार अपनी संवेदना का रूपांतरण करते है उससे रंग, रूप, रेखा, आकृति और संगीत का अद्भुत कलात्मक विन्यास देखने को मिलता है। दीक्षित जी अपने समय और समाज के प्रति गहरी चिंता एवं सरोकार रखते हैं। यह इनके गहन दायित्वबोध का परिचायक है। ये अपनी ग़ज़लों द्वारा भारतीय जन- मन के आत्मा की अंतरतम आकांक्षाओं को वाणी देते हैं। इनमें वैचारिक साहस, सर्जनात्मक कल्पना, सघन अनुभवों का विन्यास और अभिव्यक्ति की प्रभावी भंगिमा मिलती है।आप जिस कौशल और कलात्मक साफ़गोई के साथ वर्तमान मनुष्य की बिडंबनाओं एवं जीवन-जगत की धज्जियों का तार-तार विश्लेषण करते हैं वह प्रबुद्ध पाठक को भी अत्यधिक प्रभावित करता है। आखिर अभिव्यक्ति की यह भंगिमा, साफगोई और कलात्मकता कहां मिलेगी?आप लिखते हैं किः-

या तो कुबूल कर मेरी कमज़ोरियों के साथ,
या छोड़ दे मुझे मेरी तनहाईयों के साथ।
लाज़िम नहीं कि हर कोई हो कामयाब ही,
जीना भी सीख लीजिए नाकामियों के साथ।
अच्छा किया जो तुमने गुनहगार कह दिया,
मशहूर हो गया हूँ मैं, बदनामियों के साथ।

मानवीय जीवन सत्य के प्रति दनकौरी जी का यह बोध और उसके प्रति स्वीकृति का भाव ही इन्हें दूसरे ग़ज़लकारों से विशिष्ट बनाता है। आप जीवन-सत्य को जिस संयम, तटस्थता और संपूर्णता में स्वीकार करते हैं उससे जीवन का वास्तविक सत्य एक सुपरिणत रूपाकार प्राप्त करता है।इस तरह आपके शे'र अपने व्यापक अर्थ में जीवन और उसमें निहित सत्य का कलात्मक

विन्यास प्रस्तुत करते हैं। दनकौरी जी समकालीन ग़ज़ल के सौंदर्य बोध और जीवन मूल्य की प्रतिष्ठा करने वाले शायर हैं। इनके शे'र जीवन-सत्य की सर्जनात्मक परिणति को सुखद संवेदना में रूपांतरित कर पाठक के मन को संतुष्टि प्रदान करते हैं। आप समकालीन वास्तविकता के तनाव भरे अनुभव को संवेदनात्मक उत्कर्ष में ढालकर पाठक के भीतर भी उसी तनाव का अनुभव करा देते हैं। इनकी ग़ज़लों में जिस भाषिक अनुप्रयोग द्वारा जीवन-यथार्थ को सुसज्जित और कलात्मक सौष्ठव प्रदान किया गया है उससे हिन्दी ग़ज़ल को एक अनूठा उत्कर्ष प्राप्त हो गया है। इस दृष्टि से प्रस्तुत शे'र की व्यंजनात्मकता अद्वितीय बन गई है। आप लिखते हैं किः-

नाम भी हो गया है दौलत भी,
अब तू यूँ कर कि तू खुदा हो जा।

इस तरह दनकौरी जी मनुष्य की अंतवृत्तियों और उसकी विसंगतियों पर जिस कौशल के साथ प्रहार करते हैं वह समकालीन बोध और पारिस्थितिक संवेदनाओं के चित्रांकन के लिए ज़रूरी है। इससे तनाव और द्वंद्वके एक नए सौंदर्य-मूल्य का सृजनात्मक भाषिक विधान उद्‌भासित होता है। यहाँ जीवन सत्य ग़ज़ल का अंग बनकर उसके वैशिष्ट्र्य के अनुरूप आकार ग्रहण करता है। इस संकलन की ग़ज़लों में दनकौरी जी जिस तटस्थता से शब्दों एवं संवेदनाओं के संश्लेषण द्वारा ज़िन्दगी और शायरी को परस्पर अनुस्यूत करते हैं उससे जीवन और जगत का वैविध्यपूर्ण-अनावृत यथार्थ पूरी मर्मस्पर्शिता तथा गहनता के साथ प्रस्तुत हुआ है। इसमें ग़ज़लकार अपने सुख-दुख, उदात्त प्रेम, जीवन-बोध, विश्व-बोध, उर्वर सहानुभूति, समय-समाज के बदलते संदर्भों और मानवीय सरोकारों को जिस मौलिकता और सहजता से चित्रित करते हैं उससे इस संकलन की ग़ज़लें एक विशिष्ट संवेदनात्मक गहराई और बौद्धिक उत्कर्ष प्राप्त करती हैं। इस संकलन का केन्द्रीय भाव-बोध और मूल प्रतिपाद्य यह है कि प्रकृति-पर्यावरण की तरह ही भौतिक- जीवन, वैयक्तिक अनुभव्र-स्मृतियाँ और वस्तु जगत मनुष्य की नियति को कैसे संचालित करता है तथा कैसे उसे घेरे रहता है इसे आविष्कृत करने का दुष्कर और चुनौतीपूर्ण कार्य इस संग्रह की ग़ज़लों द्वारा सम्पन्न हुआ है। 'सब मिट्टी' की ग़ज़लें अमानवीय स्थितियों के बीच मनुष्य को बेहतर मनुष्य बनाने के प्रयास की अभिव्यक्ति है जिसमें ग़ज़लकार की दुर्निवार आस्था, संघर्ष चेतना की सही पहचान और अनुभव जगत का वैविध्यपूर्ण समारोह उपस्थित हुआ है। इस दृष्टि से दीक्षित जी जीवन और जगत की निस्सारता के साथ अपनी ग़ज़लों के प्रयोजन पर विचार करते

हुए अत्यंत साहसिक अभिव्यक्ति करते हैं। इनके अनुसार ग़ज़ल, नज़्म और रुबाई का एक ही उद्देष्य है कि वह व्यापक जन-मन का संस्पर्ष करे, उन्हें आह्लादित, प्रेरित एवं प्रभावित करे। हम चाहें तो निम्नलिखित शे'र का अलौकिक अर्थ निकाल कर उसे ईश्वर से भी जोड़ सकते हैं:-

मेरी ग़ज़ल या नज़्म, रुबाई, सब मिट्टी,
तुझ तक ही जब पहुँच न पाई, सब मिट्टी।

दनकौरी जी एक संजीदा, सुचिंतित और अपने विचारों में स्पष्ट शायर हैं। इनका व्यक्तित्व हार्दिक बौद्धिकता, तर्क-शक्ति, सजग आत्मबोध और गहन दायित्वबोध का समन्वित रूप है। इनमें एक फौलादी आत्मविश्वास और स्वाभिमान भी है जो इनकी अभिव्यक्ति को एक विशिष्ट तेवर और खरापन प्रदान करता है। निराला ने किसी समय कहा था कि, 'स्वाधीन का एक अर्थ निर्भय भी है' और यह निर्भयता दीक्षित जी में कूट-कूट कर भरी है। आख़िर, जनता-जनार्दन के दिलों पर राज करने वाला क्या कोई ग़ज़लकार इससे अधिक आत्मविश्वास के साथ अपनी बात कह सकता है! यह संपूर्ण कवि-बिरादरी का सम्मान बढ़ाने का कार्य करता है:-

राज दिलों पर करता हूँ मैं,
सरकारी सम्मान नहीं हूँ।

दीक्षित दनकौरी अपनी भेदक दृष्टि द्वारा तथाकथित ग़ज़ल विशेषज्ञों, आलोचकों और श्रोताओं की भी ख़बर लेते हैं। प्रायः देखा गया है कि बहुत सारे अति उत्साही बिना शे'र समझे ही वाह! वाह! करने लगते हैं। ऐसे लोगों पर दीक्षित जी का यह आक्रमण देखते ही बनता है:-

वो शे'र था ही नहीं, जिसपे दाद दी उसने,
सुना तो ये है कि वो शायरी समझता है।

दीक्षित जी ग़ज़ल और शे'र के स्वरूप पर एक चिंतक की भाँति विचार करते हैं। प्रायः देखा गया है कि सामान्य पाठक से लेकर गंभीर आलोचक तक अच्छे-बुरे शे'र को लेकर विमर्श होता रहता है। दनकौरी जी अपनी साफ़गोई से इस विवाद पर ही पूर्ण विराम लगा देते हैं:-

शे'र अच्छा-बुरा नहीं होता,
या तो होता है, या नहीं होता।

कहना न होगा कि यहाँ दनकौरी जी ने जिस सहजता से एक सार्वभौम-शाश्वत सत्य का उद्घाटन कर दिया है वह उन्हें अमरत्व प्रदान करने

वाला है। यह शे'र युग-युगांतर तक उद्धृत किया जाता रहेगा। इस तरह दनकौरी जी अपने अंदाज़े बयां और सटीक कथन द्वारा अपनी ग़ज़लों में असाधारण सर्जनात्मक उत्कर्ष पैदा कर रहे हैं। मैं दनकौरी जी की शायरी की इन्हीं विशेषताओं के कारण उन्हें दुष्यंत कुमार के बाद का हिंदी का सबसे बड़ा शायर मानता हूँ। इनका अत्यंत सरल-सहज, बोधगम्य भाषा में बड़ी से बड़ी बात कह जाने का कौशल अद्वितीय है। यह एक परिपक्व शायर और सुचिंतित ग़ज़लकार का अभिलक्षण है। इस दृष्टि से इनके दो शे'र विषेश रूप से उल्लेखनीय बन पड़े हैं:-

कब, कहाँ, कौन दोस्त बन जाए,
हादसों का पता नहीं होता।
अपना ही दिल उदास होता है,
कोई मौसम बुरा नहीं होता।

यहाँ हमारा शायर सनातन सत्य का उद्घाटन कर रहा है कि सुख और दुख का संबंध मनःस्थिति से है। यदि मनुष्य निर्लिप्त एवं मस्तमौला है तो वह हर स्थिति में प्रसन्न रहेगा। यह भी एक मनोवैज्ञानिक सत्य है कि मनुष्य की कामनाएँ उसके अनुभवों का प्रतिफलन हैं। फलस्वरूप दनकौरी जी जीवन सत्य और सौंदर्य का सामाजिक चरित्र निर्मित करते हैं।आप अपनी रचनात्मक शक्ति का अधिकतम दोहन करते हुए भाव, संवेदना तथा जीवनानुभवों को शब्दातीत बना देते हैं। आपकी ग़ज़लों में संप्रेषित अनुभव एवं जीवन सत्य इनके निजी सरोकारों को भी समय और समाज के विमर्श के रूप में प्रस्तुत करते हैं। यह आपके साहित्यिक दायित्वबोध का परिचायक है। इस दृष्टि से आपकी निम्नलिखित ग़ज़ल अपनी बहुस्तरीय अर्थवत्ता के कारण कालजयी बन पड़ी है। आज जब महानगरीय सभ्यता के दबाव में बढ़ रही अमानवीयता एवं संबंधों के विघटन से मानवीय संबंधों की तरलता ख़तरे में पड़ रही है। अब तो स्थिति इतनी विकट हो गई है कि लोग अपने घरों के द्वार पर 'कुत्तों से सावधान' जैसे संदेश की पट्टी लगाने लगाने लगे हैं तब 'अतिथि देवो भव' की भारतीय परंपरा ही ख़तरे में पड़ गई है। लेकिन दीक्षित जी अपने परंपरागत दायित्व का पूर्ण रूप से निर्वहन करते हुए भारतीय परंपरा के श्रेष्ठतम अंश का प्रतिपादन करते हैं। आप लिखते हैं कि:-

खुलूसो-मुहब्बत की खुशबू से तर है,
चले आइए, ये अदीबों का घर है।

‘दनकौरी जी के द्वार पर इस शे‘र की पट्टी लगी हुई है। इस तरह आप भारतवर्ष की आतिथ्य परंपरा का सम्यक निर्वचन कर रहे हैं। दीक्षित जी सही मायने में फ़कीराना अंदाज़ के शायर हैं और इनकी ग़ज़लों के अनेक शे’र इनके फक्कड़पन को अभिव्यक्त करते हैं। इस दृष्टि से प्रस्तुत शे‘र का संदेश बहुत दूर तक जाता है:-

अलग ही मजा है फ़क़ीरी का अपना,
न पाने की चिंता, न खोने का डर है।

इसी क्रम में इनका वह बहुचर्चित शे’र भी आता है जिसे हमारे प्रधान मंत्री श्री नरेंद्र मोदी ने लोकसभा में अविश्वास प्रस्ताव पर उत्तर देते समय उद्धृत किया था।यह भी सुखद संयोग है कि उस समय प्रधानमंत्री जी के वक्तव्य का सीधा प्रसारण चल रहा था और करोड़ों लोग इसे मीडिया द्वारा प्रत्यक्ष देख रहे थे। आपका वो शे‘र है:-

न माँझी, न रहबर, न हक़ में हवाएँ,
है कश्ती भी जर्जर, ये कैसा सफ़र है।

दनकौरी जी के शे’र अपनी इसी बहुलार्थता के कारण अत्यंत प्रभावी बन पड़े हैं। इस तरह दनकौरी जी शब्दों की सार्थकता प्रयोग की विशिष्टता के साथ उसमें व्यंजित जीवन संदर्भों की सापेक्षता में करते हैं। ये अपनी ग़ज़लों को हिंदी भाषा की सहज लय और हिंदुस्तानी संगीत में ढालकर प्रस्तुत करते हैं। इस कारण मंच पर आप छा जाते हैं और श्रोताओं को अपने जादुई सम्मोहन से मुग्ध कर देते हैं। दनकौरी जी का ग़ज़लकार बेहद स्वाभिमानी भी है। आप जिस अंदाज़ में चुने हुए शब्दों के माध्यम से शे’र प्रस्तुत करते हैं वह अपना सानी नहीं रखता। इन्होंने लिखा है कि,

पसारूँ हाथ क्यों आगे किसी के,
तरीक़े और भी हैं खुदकुशी के।

इसी तरह एक ग़ज़ल में इनका संदेश भी महत्वपूर्ण बन पड़ा है:-

जो नहीं क़ायम रहा अपने बयाँ पर,
क्या भरोसा कीजिए उसकी जुबाँ पर।

इसके आगे दीक्षित जी का राष्ट्र-प्रेम भी बड़े प्रखर रूप में प्रस्तुत होता है। यह देशाभिमान इन्हें एक सच्चा देश-प्रेमी शायर बनाता है। आप लिखते हैं:-

लाख हैं दुश्वारियाँ माना यहाँ पर,
नाज़ है फिर भी हमें हिंदोस्ताँ पर।

दनकौरी जी हिंदी ग़ज़ल को लोकतांत्रिक बनाने वाले शायर हैं। इन्होंने ग़ज़ल के भीतर जीवन और जगत के नाना व्यापारों के साथ राजनीति का भी समावेश किया है। आप राजनीति के अंतर्विरोध को भलीभाँति समझने वाले शायर हैं। ये जिन शब्दों में उसके दोहरे चरित्र का विरहस्यीकरण करते हैं वह सहृदय पाठक के लिए रमणीय वस्तु है। इस दृष्टि से इनके निम्नलिखित शे'र विशेष रूप से चिंतनीय बन पड़े हैं:-

हम जहाँ थे, वहीं पे आ पहुँचे,
देख ली तेरी रहनुमाई भी।
है यही तो अदा सियासत की,
ज़हर देकर दवा पिलाई भी।

इस तरह दीक्षित जी की ग़ज़लें सच्चे अर्थों में जीवनधर्मी हैं। इनका एक-एक शे'र मानव जीवन की प्रत्येक धड़कन को महसूसने और प्रतिनिधित्व करने के लिए प्रयासरत है। हमारा शायर समकालीन जीवन के दहकते यथार्थ को लय-वैविध्य के साथ व्यंजित करता है। दनकौरी जी जनसाधारण की बोलचाल वाली भाषा को बिम्बात्मकता से सम्पन्न बनाकर अपनी कहन शैली के बल पर पाठकों को ग़ज़ल के शिल्प की गहराई में ले जाते हैं।आप अपने वैविध्यपूर्ण वस्तु चयन और कलात्मक सौष्ठव द्वारा पाठक को कहीं भी एकरसता का बोध नहीं होने देते। इनकी अनेक ग़ज़लें अनुभवों के उदात्तीकरण द्वारा अलौकिकता के क्षेत्र का भी भ्रमण करवाती हैं। आप ईश्वर के अनंत रमणीय सत्ता की सर्वव्यापकता और रागपरक रहस्य चेतना का उद्घाटन भी करते हैं। यहां ग़ज़लकार का पद-लालित्य, लाक्षणिक मूर्ति विधान और कल्पनात्मक छवियों से ओत-प्रोत रहस्य-भावना का निरूपण विशेष रूप से दर्शनीय है। दीक्षित जी का प्रेम आंतरिक चेतना की निगूढ़ताओं को भेदकर सीमाहीन हो जाता है। वह अपनी सूक्ष्मता एवं उदात्तता के कारण ईश्वरीय प्रेम में रूपांतरित हो जाता है। फलतः वे चांद-सितारों के बजाय सृष्टि का संचालन करने वाली उस अनंत सत्ता को पाने की जिज्ञासा व्यक्त करते हैं। इस दृष्टि से इनके दो शे'र अतुल्य बन पड़े हैं:-

चाँद-तारे न ये रंगो- बू चाहिए,
कुछ खिलौने नहीं, मुझको तू चाहिए।
पत्थरों को तराशा किया उम्र भर,
तेरे जैसा कोई हू-ब-हू चाहिए।

दीक्षित जी एक अन्य ग़ज़ल में भी उस अनंत विवेक से संबंध जोड़ते हैं। ये शायरी का प्रयोजन अपने प्रिय अर्थात ईश्वर को रिझाना मानते हैं। यह इनके भाव-बोध को उदात्त भाव-भूमि प्रदान करता है। ये लिखते हैं:-

शायरी तो फ़क्त बहाना है
अस्ल मक़सद तुझे रिझाना है।
है मददगार और भी लेकिन,
तेरी रहमत का क्या ठिकाना है।

यहाँ यह भी चिंतनीय है कि दीक्षित दनकौरी की ग़ज़लें अपनी अन्तर्वस्तु और बुनावट दोनों ही स्तरों पर गहरी रागात्मकता तथा लयात्मक रचाव का संश्लिष्ट विधान हैं। आपकी ग़ज़ल विराट अनुभव लोक की थाह लेते हुए पाठकीय मन का उन्नयन करती है। इसमें निहित सर्जनात्मक प्रखरता, जीवनधर्मिता, काव्यात्मक औदात्य, कलात्मक अंतर्विधान और समकालीन यथार्थ से सीधे टकराने का साहस उसे एक समग्र अथवा मुकम्मल व्यक्तित्व प्रदान करता है। इनकी जीवन दृष्टि अपने विकसित स्वरूप में यहाँ आकारित हुई है। आप जिस साफगोई और अभिव्यक्तिगत कौशल के बलपर अपनी बात रखते हैं उससे प्रबुद्ध पाठक भी चमत्कृत हो जाता है। ये लिखते हैं कि:

वो मददगार हो, या हो दुश्मन मेरा,
पीठ पीछे नहीं, रू-ब-रू चाहिए।
अब हवाएँ भी रचने लगीं साज़िशें,
अब चराग़ों को भी कुछ लहू चाहिए।

इस तरह दीक्षित जी अपनी ग़ज़लों के माध्यम से एक अभिनव प्रतिमान निर्मित करते हैं। इनकी ग़ज़लें जीवन और जगत के विशिष्ट सन्दर्भों का रूपायन हैं। इनकी संवेदना पैनी, खरी और कलात्मक है।वह समय एवं समाज के वास्तव का निरूपण करते हुए समकालीन सामाजिक-सांस्कृतिक एवं राजनीतिक विद्रूपताओं पर भी प्रखर काव्यात्मक आक्रमण करते हैं। ये अपने दायित्व एवं कवि-कर्म के प्रति अतिशय सजग एवं सचेष्ट हैं। ये शायरी के कलात्मक संयम और उसकी गरिमा का ध्यान रखने वाले शायर हैं। यही कारण है कि आप बड़ी संजीदगी के साथ यह कहते हैं:-

मुझे सुनिए सलीक़े से, अदब से,
मैं शायर हूँ, कोई मुजरा नहीं हूँ।

अपने कवि-कर्म और ग़ज़ल लेखन के प्रति दनकौरी जी का यह बोध ही

उन्हें अतुल्य शायर बनाता है। ये समकालीन हिन्दी ग़ज़ल के बड़े शिखर और सुदृढ़ स्तम्भ हैं। इन्होंने ग़ज़ल के परंपरागत भाव-बोध और चेतना का अतिक्रमण करते हुए उसे नए भाव-बोध तथा वैचारिक चैतन्य से सम्पन्न बनाया है। चूँकि आपके मन में कोई ग्रंथि, आग्रह-दुराग्रह और संलिप्तता नहीं है अतः समकालीन जीवन के अनावृत यथार्थ को पूरी मर्मस्पर्शिता के साथ प्रस्तुत करते हैं। इनकी ग़ज़लों में प्रयुक्त बिम्ब, प्रतीक, उदात्त संवेदना, संगीतात्मक लय तथा कला चेतना की नाटकीयता उसे अद्वितीय बनाती है। वह अपनी प्रस्तुति में सहज संवेद्य है। इस दृष्टि से प्रस्तुत संग्रह की सारी ग़ज़लें बेहद पठनीय, चिंतनीय और पाठक को संवेदन एवं बौद्धिक धरातल पर समृद्ध करने वाली हैं। इनमें अद्भुत पारदर्शिता है जिसके कारण हमारा चिरपरिचित यथार्थ और गोचर अनुभव जगत अत्यंत विश्वसनीय रूप में प्रकट हुआ है। यह संकलन दीक्षित दनकौरी के ग़ज़लकार को सर्जनात्मक उत्कर्ष प्रदान करता है। यह दनकौरीजी की असाधारण सर्जनात्मक प्रतिभा का घोषणापत्र है। इसमें दुर्निवार जीवन आस्था के बलपर मनुष्य की संघर्ष चेतना की सही पहचान की गई है। साथ ही, जीवन-जगत को सही कोण से देखते हुए उसके संपूर्ण सत्य को निरावृत किया गया है। मुझे पूर्ण विश्वास है कि 'सब मिट्टी' ग़ज़ल संग्रह का हिन्दी जगत खुलेमन से स्वागत करेगा और दीक्षित दनकौरी की अक्षय कीर्ति का मेरुदंड सिद्ध होगा।

शुभकामनाओं सहित।

डॉ. करुणाशंकर उपाध्याय
वरिष्ठ प्रोफेसर, हिंदी विभाग,
मुंबई विश्वविद्यालय, मुंबई-400098

आत्मकथ्य

सबसे पहले तो क्षमाप्रार्थी हूँ अपने उन तमाम पाठकों, श्रोताओं और प्रशंसकों से कि जिनसे मैं पिछले 15-16 साल से अपने ग़ज़ल संग्रह 'सब मिट्टी' के प्रकाशन का वादा करता आ रहा हूँ।

मैं भी क्या करता... ज़िंदगी के तमाम झंझावातों से जूझते हुए, दुनियावी छल फ़रेबों को झेलते हुए ग़ज़ल का दामन थामे रखा और अपने हर भोगे झेले अनुभव को लफ़्ज़ों की कड़ियों में पिरोता रहा। सो, इतना समय बीत गया। वर्ष 2000 में प्रकाशित मेरे पहले ग़ज़ल संग्रह 'डूबते वक़्त...' (5 संस्करण) के 23 साल बाद मुझ नाचीज़ का यह दूसरा ग़ज़ल संग्रह 'सब मिट्टी' आपके मुबारक हाथों में है।

यह भी स्पष्ट कर दूँ कि उर्दू रस्मुल ख़त (लिपि) से मैं अनभिज्ञ हूँ। मेरे अदबी सफ़र में पिछले 37 वर्षों से मेरे साथ रहे अदब नवाज़ और नाक़िद (समीक्षक), मेरे मित्र मोईन अख़तर अंसारी जी से उर्दू लफ़्ज़ों के अर्थ, उच्चारण और अदबी रवायत के तौर तरीक़े सीखता रहा हूँ। इसलिए मुझे यह स्वीकारने में कोई संकोच नहीं है कि हिंदी में लिखने के बावजूद मेरी ग़ज़लों/शे'रों के लहजे और कहन में उर्दू का प्रभाव है। मेरा मानना है कि कोई किसी भी भाषा में ग़ज़ल कहना चाहता है तो उसे उर्दू ग़ज़ल का अध्ययन (मुताला) करना चाहिए ताकि वह इस नाजुक और अनूठी विधा के साथ न्याय कर पाए।

अपने जज़्बातो-अहसासात और अपनी कल्पनाओं को मनुष्य आदिकाल से भिन्न-भिन्न माध्यमों द्वारा व्यक्त करता आया है। उसने पत्थरों को तराशा, कूची और रंगों से अपनी भावनाएं कैनवास पर उतारीं, शब्दों को लड़ी में पिरोकर अपने उद्‌गार व्यक्त किए और कभी सुर-ताल से एकाकार हुआ। भिन्न-भिन्न भौगोलिक परिस्थितियों के कारण संस्कृतियां भी भिन्न रहीं। लेकिन विज्ञान की उपलब्धियों और संचार माध्यमों के कारण कलाओं और विचारों का आदान प्रदान भी हुआ जिसके कारण आज, जहाँ मनुष्य की सोच और व्यवहार का दायरा बढ़ा है, वहीं तर्क और भावना का द्वंद्व भी बढ़ा है। चेतन का जड़ हो जाना और जड़ का चेतन हो जाना (अहल्या) भावनाओं की तार्किक अभिव्यक्ति है, या कहें तर्क की भावनात्मक परिणति। शब्दों का बोधगम्य, सुरुचिपूर्ण, लयात्मक विन्यास ही काव्य है। फ़ारसी काव्य विधा 'ग़ज़ल' अब हिंदी साहित्य में

भी रच बस गई है। हिंदुस्तान की अन्य कई भाषाओं में भी उच्च स्तरीय ग़ज़लें लिखी जा रही हैं। इस विधा की एक विशेषता यह है कि एक ही ग़ज़ल में शायर अपने शे'रों में अलग-अलग भावों को व्यक्त कर सकता है। शे'र का चुटीला/मार्मिक कथ्य, बहर (छंद) और लय में होने के कारण, पाठक/श्रोता के दिल पर सीधा असर करता है। अपनी इन्हीं ख़ूबियों के कारण ग़ज़ल काव्य की लोकप्रिय विधा है, विशेषकर मंचों की।

ग़ज़ल का तालिबे-इल्म होने के नाते 'ग़ज़ल दुष्यंत के बाद' (3 खंड) के संपादन के दौरान एवम 'ग़ज़ल कुंभ' के दर्जनों आयोजनों, देश-विदेश के सैकड़ों मुशायरों/कवि सम्मेलनों, नशिस्तों, काव्य गोष्ठियों में शिरकत और अपनी निजी लायब्रेरी के लगभग दो हज़ार ग़ज़ल-संग्रहों की सैकड़ों ग़ज़लों के हजारों शे'रों को पढ़-सुनकर शे'र कहना तो क्या, हाँ कुछ-कुछ समझना तो आ ही गया है। काग़ज़ पर अपना कोई नया शे'र लिख लेने के बाद अगर मुझे लगता है कि इस विषय पर तो बहुत उम्दा शे'र पहले ही कहा जा चुका है, तो खुद ही अपने उस शे'र को ख़ारिज़ कर देता हूँ। हाँलाकि शायद ही कोई विषय या मनोभाव हो जो कभी न कभी, किसी न किसी शायर ने व्यक्त न कर दिया हो। फिर भी सृजन कार्य तो कभी रुकता नहीं है। इसलिए मेरा मानना है कि या तो कुछ नया कहा जाए या अलग ढंग और नए अंदाज़ में कहा जाए। इसलिए मेरी कम ही ग़ज़लें या शे'र मंज़रे-आम या मंचों तक आ पाते हैं। ...वैसे भी बचपन से मेरा यही मानना रहा है कि 'चाय तो आधा कप ही काफ़ी है, अच्छी हो तो भी, और बेकार हो तो भी।'

मेरी ग़ज़लों और ग़ज़ल के प्रचार-प्रसार में किए गए मेरे प्रयासों पर विश्वभर के हजारों ग़ज़ल-प्रेमी पाठकों, श्रोताओं, स्नेहीजनों से मिला प्यार-दुलार ही मेरा संबल है। सर्वश्री जगदीश जैन, डॉ जी.आर. कँवल, सीमाब सुल्तानपुरी, रमेश 'तनहा', शकील शिफ़ाई, उदय प्रताप सिंह, आचार्य निशांत केतु, रामदरश मिश्र, बालस्वरूप 'राही', लक्ष्मण दुबे, हस्तीमल हस्ती, पद्मश्री सुरेंद्र शर्मा, पद्मश्री डॉ अशोक चक्रधर, डॉ गोविंद व्यास, डॉ हरीश नवल, डॉ जानकी प्रसाद शर्मा, विजेंद्र सिंह 'परवाज़', सुरेश चौधरी, उषाराजे सक्सेना, तेजेंद्र शर्मा, रामकृपाल सिंह, खुशदीप बंसल आदि अनेक वरिष्ठ शायरों/साहित्यकारों/पत्रकारों/बुद्धिजीवियों से मिला उत्साहवर्धन मेरा ईनाम है।

आज इस अवसर पर मरहूम 'बेकल' उत्साही साहब, गोपाल दास 'नीरज' जी, कृष्ण बिहारी 'नूर' साहब, गोपीचंद नारंग साहब, कमलेश्वर जी, क़मर रईस साहब, मुशीर झिंझानवी साहब, राम प्रकाश 'राही' साहब, कन्हैया लाल नंदन

जी, मख़मूर सईदी साहब, आर.पी. शर्मा. महर्षि जी, डॉ शेरजंग गर्ग जी, उदयभानु 'हंस' जी, देवेंद्र शर्मा 'इंद्र' जी, श्यामानंद 'सरस्वती' जी, कुबेर दत्त जी, मुजफ़्फ़र हनफ़ी साहब, ओम प्रकाश चतुर्वेदी 'पराग' जी, डॉ कुंअर बेचैन जी, राजेंद्रनाथ 'रहबर' जी, कृष्ण मित्र जी सरीखे अनेक वरिष्ठ साहित्यकारों, जिनसे मुझे बच्चों जैसा स्नेह मिला करता था, को स्मरण करता हूँ तो मन भीग-भीग जाता है। वरिष्ठजनों से मिला आशीष ही मेरी पूंजी है।

रामकथा वाचक संत मुरारी बापू की कृपा का पात्र हूँ। रामकथा में यदाकदा बापू मेरे अनेक शे'र/ग़ज़ल अपने श्रीमुख से उच्चारित करते हैं तो अहोभाव से भर जाता हूँ, मेरा शे'र भी धन्य हो जाता है, और मैं भी।

प्रधानमंत्री श्री मोदी जी का धन्यवाद जिन्होंने एक बार संसद में सरकार के ख़िलाफ़ रखे गए 'अविश्वास प्रस्ताव' के जवाब में दिए गए अपने भाषण में मेरा एक शे'र उद्धृत करके विश्वभर के करोड़ों लोगों तक पहुँचा दिया।

हिंदी साहित्य के वरिष्ठ आलोचक/लेखक डॉ. करुणाशंकर उपाध्याय जी का आभारी हूँ, जिन्होंने अपनी व्यस्तताओं के बावजूद मुझ अकिंचन की ग़ज़लों पर अपनी लेखनी चलाकर मेरा मान बढ़ाया। मेरी खुशनसीबी है कि वरिष्ठ शायर शकील शिफ़ाई साहब ने मेरी हौसला अफ़ज़ाई की है ।

यहाँ मैं अपने शुभचिंतक, वरिष्ठ कवि श्री बसंत चौधरी जी (नेपाल) के उपकारों का भी उल्लेख करना चाहूंगा कि जिनके सौजन्य से मेरा यह ग़ज़ल संग्रह तो प्रकाशित हुआ ही है, 'बसंत चौधरी फाउंडेशन' द्वारा गत 9 वर्षों से निरंतर मिल रहे सहयोग के बिना मैं 'ग़ज़ल कुंभ' जैसे विश्व विख़्यात भव्य आयोजन नहीं कर पाता। ग़ज़ल विधा के प्रचार-प्रसार में उनके द्वारा किए जा रहे सहयोग के लिए उन्हें धन्यवाद कहकर मैं उऋण नहीं होना चाहूंगा।

ग़ज़ल के क्षेत्र में किए गए अपने सृजनकार्य और इस विधा के प्रचार-प्रसार में निस्वार्थ भाव से अपनी सामर्थ्य अनुसार जी-जान लगाकर किए गए अपने प्रयासों से संतुष्ट हूँ, बाकी आंकलन तो अदबी समाज, पाठकवर्ग और भविष्य ही तय करेगा।

– दीक्षित दनकौरी

خلوص و محبت کی خوشبو سے تر ہے
چلے آیئے، یہ ادیبوں کا گھر ہے

تیری چاہتوں کا یہ کیسا اثر ہے
کوئی سرنگوں ہے، کوئی دار پر ہے

نہ چھت ہے، نہ آنگن، نہ دیوار و در ہے
میرا گھر بلاؤں سے محفوظ تر ہے

الگ ہی مزہ ہے فقیری کا اپنا
نہ پانے کی چنتا، نہ کھونے کا ڈر ہے

نہ مانجھی، نہ رہبر، نہ حق میں ہوائیں
ہے کشتی بھی جرجر، یہ کیسا سفر ہے

ख़ुलूसो-मुहब्बत की ख़ुशबू से तर है,
चले आइए, ये अदीबों का घर है।

तेरी चाहतों का ये कैसा असर है,
कोई सरनिगूँ है, कोई दार पर है।

न छत है, न आँगन, न दीवारो-दर है,
मेरा घर बलाओं से महफ़ूज़तर है।

अलग ही मज़ा है फ़क़ीरी का अपना,
न पाने की चिंता, न खोने का डर है।

न माँझी, न रहबर, न हक़ में हवाएँ,
है कश्ती भी जर्जर, ये कैसा सफ़र है।

شعر اچھا برا نہیں ہوتا
یا تو ہوتا ہے، یا نہیں ہوتا

آہ یا واہ ہوتی ہے
شعر پر تبصرہ نہیں ہوتا

کب، کہاں، کون دوست بن جائے
حادثوں کا پتہ نہیں ہوتا

کوئی بندش اسے قبول نہیں
عشق باقاعدہ نہیں ہوتا

اپنا ہی دل اُداس ہوتا ہے
کوئی موسم برا نہیں ہوتا

शे'र अच्छा-बुरा नहीं होता,
या तो होता है, या नहीं होता।

आह या वाह-वाह होती है,
शे'र पर तब्सिरा नहीं होता।

कब, कहाँ, कौन दोस्त बन जाए,
हादसों का पता नहीं होता।

कोई बंदिश इसे कुबूल नहीं,
इश्क़ बाक़ायदा नहीं होता।

अपना ही दिल उदास होता है,
कोई मौसम बुरा नहीं होता।

سمندر ہوں، کوئی قطرہ نہیں ہوں
ترے جتنا، مگر گہرا نہیں ہوں

میں سادہ ہوں، سجا سنورا نہیں ہوں
مگر اتنا گیا گزرا نہیں ہوں

مری ناکامیوں پر طنز مت کر
میں ٹوٹا ہوں، ابھی بکھرا نہیں ہوں

میں سن سکتا ہوں تری خامشی بھی
میں گونگا ہوں، مگر بہرا نہیں ہوں

مجھے سنئے سلیقے سے، ادب سے
میں شاعر ہوں، کوئی مجرا نہیں ہوں

समंदर हूँ, कोई क़तरा नहीं हूँ,
तेरे जितना, मगर गहरा नहीं हूँ।

मैं सादा हूँ, सजा सँवरा नहीं हूँ,
मगर इतना गया गुज़रा नहीं हूँ।

मेरी नाकामियों पर तंज़ मत कर,
मैं टूटा हूँ, अभी बिखरा नहीं हूँ।

मैं सुन सकता हूँ तेरी ख़ामुशी भी,
मैं गूँगा हूँ, मगर बहरा नहीं हूँ।

मुझे सुनिए सलीक़े से, अदब से,
मैं शायर हूँ, कोई मुजरा नहीं हूँ।

میری غزل یا نظم، رباعی، سب مٹی
تجھ تک ہی جب پہنچ نہ پائی، سب مٹی

کیسے کیسے خواب سنجوئے جیون بھر
کیسی کیسی آس لگائی، سب مٹی

جنگل جنگل بھٹکے تیری چاہت میں
در در کی ٹھوکر بھی کھائی، سب مٹی

ہنس ہنس کر دکھ درد چھپائے دنیا سے
پتھر دل پر جان لٹائی، سب مٹی

قبروں پر لکھ لو تحریریں لاکھ، مگر
عزت، شہرت، مان، بڑائی، سب مٹی

मेरी ग़ज़ल या नज़्म, रुबाई, सब मिट्टी,
तुझ तक ही जब पहुँच न पाई, सब मिट्टी।

कैसे-कैसे ख़्वाब सँजोए जीवनभर,
कैसी-कैसी आस लगाई, सब मिट्टी।

जंगल-जंगल भटके तेरी चाहत में,
दर-दर की ठोकर भी खाई, सब मिट्टी।

हँस-हँसकर दुख-दर्द छुपाए दुनिया से,
पत्थर-दिल पर जान लुटाई, सब मिट्टी।

क़ब्रों पर लिख लो तहरीरें लाख, मगर,
इज़्ज़त, शोहरत, मान, बड़ाई, सब मिट्टी।

یا تو قبول کر میری کمزوریوں کے ساتھ
یا چھوڑ دے مجھے میری تنہائیوں کے ساتھ

لازم نہیں کہ ہر کوئی ہو کامیاب ہی
جینا بھی سیکھ لیجیے، ناکامیوں کے ساتھ

جد و جہد میں جوش تھا، جینے کا لطف تھا
مشکل میں پڑ گیا ہوں میں، آسانیوں کے ساتھ

شامل ہوں تیرے غم میں بہت شرمسار بھی
لاچار ہوں، کھڑا ہوں تماشائیوں کے ساتھ

اچھا کیا جو تم نے گنہگار کہہ دیا
مشہور ہو گیا ہوں میں، بدنامیوں کے ساتھ

या तो कुबूल कर मेरी कमज़ोरियों के साथ,
या छोड़ दे मुझे मेरी तनहाईयों के साथ।

लाज़िम नहीं कि हर कोई हो कामयाब ही,
जीना भी सीख लीजिए नाकामियों के साथ।

जद्दो-जहद में जोश था, जीने का लुत्फ़ था,
मुश्किल में पड़ गया हूँ मैं, आसानियों के साथ।

शामिल हूँ तेरे ग़म में, बहुत शर्मसार भी,
लाचार हूँ खड़ा, हूँ तमाशाईयों के साथ।

अच्छा किया जो तुमने गुनहगार कह दिया,
मशहूर हो गया हूँ मैं, बदनामियों के साथ।

میرے خلوص کو بیچارگی سمجھتا ہے
وہ خاموشی کو میری بزدلی سمجھتا ہے

یہ کس مقام پہ لے آئی جستجو تیری
اب آئینہ بھی مجھے اجنبی سمجھتا ہے

یہ کس کے لفظ تیری شاعری میں ڈھلتے ہیں
کہے، کہے نہ کہے، ہر کوئی سمجھتا ہے

کسی کے درد سے نسبت نہیں اسے کوئی
ہر ایک بات کو وہ دل لگی سمجھتا ہے

وہ شعر تھا ہی نہیں، جس پہ داد دی اس نے
سنا تو یہ ہے کہ وہ شاعری سمجھتا ہے

मेरे ख़ुलूस को बेचारगी समझता है,
वो ख़ामुशी को मेरी बुज़दिली समझता है।

ये किस मुक़ाम पे ले आई जुस्तजू तेरी,
अब आइना भी मुझे अजनबी समझता है।

ये किसके लफ़्ज़ तेरी शायरी में ढलते हैं,
कहे, कहे न कहे, हर कोई समझता है।

किसी के दर्द से निस्बत नहीं उसे कोई,
हरेक बात को वो दिल्लगी समझता है।

वो शे'र था ही नहीं, जिसपे दाद दी उसने,
सुना तो ये है कि वो शायरी समझता है।

زہر ہوجا، کہ تو دوا ہوجا
جو بھی ہو، اس کی انتہا ہوجا

جو یہی ہے تیری وفاداری
اس سے بہتر ہے، بے وفا ہوجا

کیوں بہانے تلاش کرتا ہے
تو بنا بات ہی خفا ہوجا

بزم میں دیکھ مت کسی کی طرف
سب کی نظروں میں پارسا ہوجا

نام بھی ہوگیا ہے دولت بھی
اب تو یوں کر کہ تو خدا ہوجا

ज़हर हो जा, कि तू दवा हो जा,
जो भी हो, उसकी इंतिहा हो जा।

जो यही है तेरी वफ़ादारी,
इससे बेहतर है, बेवफ़ा हो जा।

क्यों बहाने तलाश करता है,
तू बिना बात ही ख़फ़ा हो जा।

बज़्म में देख मत किसी की तरफ़,
सबकी नज़रों में पारसा हो जा।

नाम भी हो गया है दौलत भी,
अब तू यूँ कर कि तू ख़ुदा हो जा।

مفت ملا سامان نہیں ہوں
میں تجھ پر احسان نہیں ہوں

مول بھاؤ چاہے تو کر لے
راشن کی دکان نہیں ہوں

تیری ایک ضرورت ہوں میں
انچاہا مہمان نہیں ہوں

بند نہ کر کھڑکی دروازے
میں آندھی طوفان نہیں ہوں

راج دلوں پر کرتا ہوں میں
سرکاری سمّان نہیں ہوں

मुफ़्त मिला सामान नहीं हूँ,
मैं तुझ पर अहसान नहीं हूँ।

मोल भाव चाहे तो कर ले,
राशन की दूकान नहीं हूँ।

तेरी एक ज़रूरत हूँ मैं,
अनचाहा मेह्मान नहीं हूँ।

बंद न कर खिड़की दरवाज़े,
मैं आँधी-तूफ़ान नहीं हूँ।

राज दिलों पर करता हूँ मैं,
सरकारी सम्मान नहीं हूँ।

بازار نمائش میں، میں کردار سنبھالوں
گھر بار سنبھالوں کہ تیرا پیار سنبھالوں

اِس دور ترقی میں بچانی ہے انا بھی
رفتار سنبھالوں کہ میں دستار سنبھالوں

تبدیل ہوئی جاتی ہے تہذیب کھنڈر میں
بنیاد سنبھالوں کہ میں دیوار سنبھالوں

کانٹوں سے بھرا تاج، یہ پہنا تو دیا ہے
دربار سنبھالوں کہ میں سرکار سنبھالوں

کشتی کا بھروسہ ہے، نہ مانجھی پہ یقیں اب
پھر کیوں نہ اٹھوں خود ہی میں پتوار سنبھالوں

बाज़ारे-नुमाइश में, मैं किरदार सँभालूँ,
घर-बार सँभालूँ कि तेरा प्यार सँभालूँ।

इस दौरे-तरक़्क़ी में बचानी है अना भी,
रफ़्तार सँभालूँ कि मैं दस्तार सँभालूँ।

तब्दील हुई जाती है तहज़ीब खँडर में,
बुनियाद सँभालूँ कि मैं दीवार सँभालूँ।

काँटों से भरा ताज ये पहना तो दिया है,
दरबार सँभालूँ कि मैं सरकार सँभालूँ।

कश्ती का भरोसा है न माँझी पे यक़ीं अब,
फिर क्यों न उठूँ खुद ही मैं पतवार सँभालूँ।

چلیں ہم رخ بدل کر دیکھتے ہیں
ڈھلانوں پر پھسل کر دیکھتے ہیں

زمانہ چاہتا ہے جس طرح سے
انہی سانچوں میں ڈھل کر دیکھتے ہیں

کریں ضد، آسماں سر پر اٹھالیں
کہ بچوں سا مچل کر دیکھتے ہیں

ہیں پروانے، تماشائی نہیں ہم
اجالا ساتھ جل کر دیکھتے ہیں

تسلی ہی سہی، کچھ تو ملے گا
سرابوں میں ہی چل کر دیکھتے ہیں

चलें हम रुख़ बदलकर देखते हैं,
ढलानों पर फिसलकर देखते हैं।

ज़माना चाहता है जिस तरह के,
उन्हीं साँचों में ढलकर देखते हैं।

करें ज़िद, आसमाँ सर पर उठा लें,
कि बच्चों-सा मचलकर देखते हैं।

हैं परवाने, तमाशाई नहीं हम,
उजाला साथ जलकर देखते हैं।

तसल्ली ही सही, कुछ तो मिलेगा,
सराबों में ही चलकर देखते हैं।

پساروں ہاتھ کیوں آگے کسی کے
طریقے اور بھی ہیں خودکشی کے

توقع سب سے رکھتا ہے مدد کی
کبھی تو کام آ تو بھی کسی کے

اجالوں نے تو بس تہمت لگائی
کرم ہم پر رہے ہیں تیرگی کے

غنیمت ہے کہ تنکا مل گیا تھا
نہیں تو کھو گئے ہوتے کبھی کے

فقط اظہار کرنا ہی نہیں ہے
تقاضے اور بھی ہیں دوستی کے

पसारूँ हाथ क्यों आगे किसी के,
तरीक़े और भी हैं ख़ुदकुशी के।

तवक़्क़ो सबसे रखता है मदद की,
कभी तो काम आ तू भी किसी के।

उजालों ने तो बस तोह्मत लगाई,
करम हम पर रहे हैं तीरगी के।

ग़नीमत है कि तिनका मिल गया था,
नहीं तो खो गए होते कभी के।

फ़क़त इज़हार करना ही नहीं है,
तक़ाज़े और भी हैं दोस्ती के।

رکھ لیا ہے تیر ظالم نے کماں پر
دیکھنا یہ ہے نشانہ ہے کہاں پر

انگلیاں اٹھنے لگی ہیں باغباں پر
'وقت کیسا آ پڑا ہے گلستاں پر'

جو نہیں قائم رہا اپنے بیاں پر
کیا بھروسہ کیجیے اُس کی زُباں پر

لاکھ ہیں دشواریاں مانا یہاں پر
ناز ہے پھر بھی ہمیں ہندوستاں پر

ڈور سانسوں کی ٹکی ہے نرم جاں پر
کون جانے ٹوٹ جائے کب کہاں پر

रख लिया है तीर ज़ालिम ने कमाँ पर,
देखना ये है निशाना है कहाँ पर।

उँगलियाँ उठने लगी हैं बाग़बाँ पर,
'वक़्त कैसा आ पड़ा है गुलसिताँ पर'।

जो नहीं क़ायम रहा अपने बयाँ पर,
क्या भरोसा कीजिए उसकी ज़ुबाँ पर।

लाख हैं दुश्वारियाँ माना यहाँ पर,
नाज़ है फिर भी हमें हिन्दोस्ताँ पर।

डोर साँसों की टिकी है नर्म जाँ पर,
कौन जाने टूट जाए कब कहाँ पर।

زندگی روئی، مسکرائی بھی
راس آئی، کبھی نہ آئی بھی

اُس پرندے کا درد کیا ہوگا
جس نے چاہی نہیں رہائی بھی

ہم جہاں تھے، وہیں پہ آ پہنچے
دیکھ لی تیری رہنمائی بھی

ہے یہی تو ادا سیاست کی
زہر دے کر دوا پلائی بھی

کوئی وعدہ کبھی نہ توڑیں گے
اُس نے کھائی قسم کھلائی بھی

ज़िन्दगी रोई, मुस्कराई भी,
राास आई, कभी न आई भी।

उस परिन्दे का दर्द क्या होगा,
जिसने चाही नहीं रिहाई भी।

हम जहाँ थे, वहीं पे आ पहुँचे,
देख ली तेरी रहनुमाई भी।

है यही तो अदा सियासत की,
ज़हर देकर दवा पिलाई भी।

कोई वादा कभी न तोड़ेंगे,
उसने खाई क़सम खिलाई भी।

مشکل تو، آسانی تو
خاموشی کی بانی تو

سکھ دکھ کے ہر مصرع کا
ثانی تو، لاثانی تو

بھیگا بھیگا صحرا میں
خشک ندی کا پانی تو

منزل تو دانائی کی
بچے کی نادانی تو

خواب بتا یہ کیسا ہے
میں ہوں راجا، رانی تو

मुश्किल तू, आसानी तू,
ख़ामोशी की बानी तू।

सुख-दुख के हर मिसरे का,
सानी तू, लासानी तू।

भीगा-भीगा सहरा, मैं,
ख़ुश्क नदी का पानी तू।

मंज़िल तू दानाई की,
बच्चे की नादानी तू।

ख़्वाब बता ये कैसा है।
मैं हूँ राजा, रानी तू।

چاند تارے نہ یہ رنگ و بو چاہیے
کچھ کھلونے نہیں، مجھ کو تو چاہیے

پتھروں کو تراشا کیا عمر بھر
تیرے جیسا کوئی ہو بہو چاہیے

وہ مددگار ہو، یا ہو دشمن میرا
پیٹھ پیچھے نہیں، رو برو چاہیے

اب ہوائیں بھی رچنے لگیں سازشیں
اب چراغوں کو بھی کچھ لہو چاہیے

وہ ملے گا یقیناً مگر شرط ہے
آخری سانس تک جستجو چاہیے

चाँद-तारे न ये रंगो-बू चाहिए,
कुछ खिलौने नहीं, मुझको तू चाहिए।

पत्थरों को तराशा किया उम्र भर,
तेरे जैसा कोई हू-ब-हू चाहिए।

वो मददगार हो, या हो दुश्मन मेरा,
पीठ पीछे नहीं, रू-ब-रू चाहिए।

अब हवाएँ भी रचने लगीं साज़िशें,
अब चराग़ों को भी कुछ लहू चाहिए।

वो मिलेगा यक़ीनन मगर शर्त है,
आख़िरी साँस तक जुस्तजू चाहिए।

چراغِ محبت جلانا بھی چاہے
وہ شعلوں سے دامن بچانا بھی چاہے

وہ ترکِ وفا کا بہانا بھی چاہے
میرے ظرف کو آزمانا بھی چاہے

یہ زخمی پرندہ تیری جستجو میں
بھٹکنا بھی چاہے، ٹھکانا بھی چاہے

پس و پیش میں ہے عیادت کو میری
وہ آنا بھی چاہے، نہ آنا بھی چاہے

وہ ہر سو بڑھائے میری مشکلوں کو
مجھے ہر بلا سے بچانا بھی چاہے

चराग़े-मुहब्बत जलाना भी चाहे,
वो शोलों से दामन बचाना भी चाहे।

वो तर्के-वफ़ा का बहाना भी चाहे,
मेरे ज़र्फ़ को आज़माना भी चाहे।

ये ज़ख़्मी परिंदा तेरी जुस्तजू में,
भटकना भी चाहे, ठिकाना भी चाहे।

पसो-पेश में है अयादत को मेरी,
वो आना भी चाहे, न आना भी चाहे।

वो हर-सू बढ़ाए मेरी मुश्किलों को,
मुझे हर बला से बचाना भी चाहे।

توڑ لیں بیڑیاں میں نے سب
اب نہ تو چاہیے اور نہ رب

میں تو یوں بھی گنہگار تھا
اُس پہ تیری گواہی غضب

تو ہوا بے وفا، چل ہوا
ہو نہ جانا کہیں بے ادب

ہم سفر ہیں، سہارے بھی ہیں
اشک پھر کیوں بہے بے سبب

دولتِ رنج و غم بخش دے
رام جانے کہاں، کون کب

तोड़ लीं बेड़ियाँ मैंने सब,
अब न तू चाहिए और न रब।

मैं तो यूँ भी गुनहगार था,
उसपे तेरी गवाही ग़ज़ब।

तू हुआ बेवफ़ा, चल हुआ,
हो न जाना कहीं बे'अदब।

हमसफ़र हैं, सहारे भी हैं,
अश्क फिर क्यों बहे बे'सबब।

दौलते-रंजो-ग़म बख़्श दे,
राम जाने कहाँ, कौन कब।

لاکھ طوفان ہوں، پار جانا بھی ہے
چوٹ کھانا بھی ہے، مسکرانا بھی ہے

ناؤ کو ہر بلا سے بچانا بھی ہے
پار لگنا بھی ہے اور لگانا بھی ہے

غیر کی بزم میں وہ یوں ہی تو نہیں
اُس کا مقصد میرا دل دکھانا بھی ہے

کیا انوکھا ہے کردار انسان کا
صوفیانہ بھی ہے، وحشیانہ بھی ہے

یاد اگر ہم رکھیں گے تو مر جائیں گے
اس لیے حادثوں کو بھلانا بھی ہے

लाख तूफ़ान हों, पार जाना भी है,
चोट खाना भी है, मुस्कराना भी है।

नाव को हर बला से बचाना भी है,
पार लगना भी है और लगाना भी है।

ग़ैर की बज़्म में वो यूँ ही तो नहीं,
उसका मक़सद मेरा दिल दुखाना भी है।

क्या अनोखा है किरदार इंसान का,
सूफ़ियाना भी है, वहशियाना भी है।

याद अगर हम रखेंगे तो मर जाएँगे,
इसलिए हादसों को भुलाना भी है।

شاعری تو فقط بہانا ہے
اصل مقصد تجھے رجھانا ہے

ہیں مددگار اور بھی لیکن
تیری رحمت کا کیا ٹھکانہ ہے

ہے کڑی دھوپ آزمائش کی
تیری یادوں کا شامیانہ ہے

ایک ہی بار میں سبھی گھائل
کیا شکاری ہے، کیا نشانہ ہے

وہ زمانہ بھی کیا زمانہ تھا
یہ زمانہ بھی کیا زمانہ ہے

शायरी तो फ़क़त बहाना है,
अस्ल मक़सद तुझे रिझाना है।

हैं मददगार और भी लेकिन,
तेरी रहमत का क्या ठिकाना है।

है कड़ी धूप आज़माइश की,
तेरी यादों का शामियाना है।

एक ही वार में सभी घायल,
क्या शिकारी है, क्या निशाना है।

वो ज़माना भी क्या ज़माना था,
ये ज़माना भी क्या ज़माना है।

راہ بدلوں کی قافلہ بدلوں
اس سے بہتر ہے رہنما بدلوں

درد جاتا نہیں اے! چارہ گر
روگ بدلوں کی میں دوا بدلوں

پھر وہی خود سے روز کا جھگڑا
خود کو بدلوں کہ آئینہ بدلوں

اب کوئی پرارتھنا نہیں پھلتی
شبد بدلوں کی دیوتا بدلوں

زندگی کی ردیف روٹھ گئی
بحر بدلوں کی قافیہ بدلوں

राह बदलूँ कि क़ाफ़िला बदलूँ,
इससे बेह्तर है रहनुमा बदलूँ।

दर्द जाता नहीं ऐ चारागर,
रोग बदलूँ कि मैं दवा बदलूँ।

फिर वही ख़ुद से रोज़ का झगड़ा,
ख़ुद को बदलूँ कि आईना बदलूँ।

अब कोई प्रार्थना नहीं फलती,
शब्द बदलूँ कि देवता बदलूँ।

ज़िंदगी की रदीफ़ रूठ गई,
बह्र बदलूँ कि क़ाफ़िया बदलूँ।

یہ جو دنیا جو پیار دیتی ہے
بیاج پر ہی اُدھار دیتی ہے

میری اوقات آئینہ دے کر
خواہشوں کو نکار دیتی ہے

زندگی ہے کوئی مذاق نہیں
اچھے اچھوں کو مار دیتی ہے

یاد آتی ہے تری جب جب بھی
غم کی رنگت نکھار دیتی ہے

شمع، لڑتے ہوئے اندھیرے سے
عمر اپنی گزار دیتی ہے

ये जो दुनिया है प्यार देती है,
ब्याज पर ही उधार देती है।

मेरी औक़ात आइना देकर,
ख़्वाहिशों को नकार देती है।

ज़िंदगी है कोई मज़ाक नहीं,
अच्छे-अच्छों को मार देती है।

याद आती है तेरी जब-जब भी,
ग़म की रंगत निखार देती है।

शमूअ, लड़ते हुए अँधेरे से,
उम्र अपनी गुज़ार देती है।

یہ کس کی بددعائیں لگ رہی ہیں
سبھی جھوٹی وفائیں لگ رہی ہیں

قفس میں قید پنچھی کی کراہیں
زمانے کو ادائیں لگ رہی ہیں

وہ جب سے الوداع کہہ کر گیا ہے
یہ سانسیں بھی سزائیں لگ رہی ہیں

اُجالا جا رہا ہے منہ چھپائے
اندھیروں کو ہوائیں لگ رہی ہیں

ٹھٹھرتا ہے اُدھر سورج اکیلا
اِدھر پیاسی گھٹائیں لگ رہی ہیں

ये किसकी बद-दुआएँ लग रही हैं,
सभी झूठी वफ़ाएँ लग रही हैं।

क़फ़स में क़ैद पंछी की कराहें,
ज़माने को अदाएँ लग रही हैं।

वो जबसे अलविदा कहकर गया है,
ये साँसें भी सज़ाएँ लग रही हैं।

उजाला जा रहा है मुँह छुपाए,
अँधरों को हवाएँ लग रही हैं।

ठिठुरता है उधर सूरज अकेला,
इधर प्यासी घटाएँ लग रही हैं।

جان سانست میں ڈال لی ہم نے
دشمنی خود سے پال لی ہم نے

اُن کی حسرت کا اہتمام کیا
خود ہی پگڑی اُچھال لی ہم نے

بیچ آئے ضمیر اور انا
گھر کی عزّت سنبھال لی ہم نے

پھول کی خوبیاں بتانے کو
ترے لب کی مثال لی ہم نے

پیر اپنی کبھی پرائی بھی
اپنی غزلوں میں ڈھال لی ہم نے

जान साँसत में डाल ली हमने,
दुश्मनी खुद से पाल ली हमने।

उनकी हसरत का एहतराम किया,
खुद ही पगड़ी उछाल ली हमने।

बेच आए ज़मीर और अना,
घर की इ़ज्ज़त सँभाल ली हमने।

फूल की ख़ूबियाँ बताने को,
तेरे लब की मिसाल ली हमने।

पीर अपनी कभी पराई भी,
अपनी ग़ज़लों में ढाल ली हमने।

مجھے بھی سر جھکانا چاہیے تھا
تجھے پہلے بتانا چاہیے تھا

بچا پایا نہ جو کشتی بھنور سے
وہ مانجھی ڈوب جانا چاہیے تھا

وہ رہبر ہے کہ رہزن ہے، وہ کیا ہے
پتا پہلے لگانا چاہیے تھا

تڑپتا دیکھ کر بولا شکاری
نشانہ چوک جانا چاہیے تھا

ملا دھوکا ہی جب ہر بار، اُس سے
بھروسہ ٹوٹ جانا چاہیے تھا

मुझे भी सर झुकाना चाहिए था,
तुझे पहले बताना चाहिए था।

बचा पाया न जो कश्ती भँवर से,
वो माँझी डूब जाना चाहिए था।

वो रहबर है कि रहज़न है, वो क्या है,
पता पहले लगाना चाहिए था।

तड़पता देखकर बोला शिकारी,
निशाना चूक जाना चाहिए था।

मिला धोखा ही जब हर बार, उससे,
भरोसा टूट जाना चाहिए था।

کڑی دھوپ ہو یا ملا کوئی سایہ
کوئی یاد آیا تو تو یاد آیا

میں ہنس ہنس کے سہتا رہا ظلم اُس کے
نہ وہ باز آیا، نہ میں باز آیا

سمندر تھا پیاسا، کہ دریا تھا بیکل
نہ وہ جان پایا، نہ وہ جان پایا

ہوا حال کیا کیا ہمارا بچھڑ کر
نہ اُس نے بتایا، نہ میں نے بتایا

سبھی ساز سُر اور لے میں تھے لیکن
ہمیں تال میں ناچنا ہی نہ آیا

कड़ी धूप हो या मिला कोई साया,
कोई याद आया तो तू याद आया।

मैं हँस-हँस के सहता रहा ज़ुल्म उसके,
न वो बाज़ आया, न मैं बाज़ आया।

समंदर था प्यासा, कि दरिया था बेकल,
न वो जान पाया, न वो जान पाया।

हुआ हाल क्या-क्या हमारा बिछुड़ कर,
न उसने बताया, न मैंने बताया।

सभी साज़ सुर और लय में थे लेकिन,
हमें ताल में नाचना ही न आया।

آئینے کو سامنے کیا کر لیا
ایک دشمن اور پیدا کر لیا

جب بھنور میں آگئی کشتی میری
ناخدا نے بھی کنارا کر لیا

زخم دیوانے کا جب بھرنے لگا
اور گہرا، اور گہرا کر لیا

زندگی بھر نم رہیں آنکھیں تو کیا
لے تیرے بن بھی گزارا کر لیا

بس ذرا سا رخ بدل کر سوچ کا
ہم نے اپنے دل کو دریا کر لیا

आइने को सामने क्या कर लिया,
एक दुश्मन और पैदा कर लिया।

जब भँवर में आ गई कश्ती मेरी,
नाख़ुदा ने भी किनारा कर लिया।

ज़ख़्म दीवाने का जब भरने लगा,
और गहरा, और गहरा कर लिया।

ज़िंदगी भर नम रहीं आँखें तो क्या,
ले तेरे बिन भी गुज़ारा कर लिया।

बस ज़रा-सा रुख़ बदलकर सोच का,
हमने अपने दिल को दरिया कर लिया।

میں در پر تمہارے غزل کہہ رہا ہوں
یہ دامن پسارے غزل کہہ رہا ہوں

مخاطب ہوں یوں تو زمانے سے لیکن
تمہارے ہی مارے غزل کہہ رہا ہوں

تو بہتا ہوا ایک دریا ہے جس کے
کنارے کنارے غزل کہہ رہا ہوں

کوئی آسرا ہے، نہ کوئی مسیحا
غزل کے سہارے غزل کہہ رہا ہوں

یہ دنیا میرا آنکلن کیا کرے گی
تو ہی کچھ بتا رے، غزل کہہ رہا ہوں

मैं दर पर तुम्हारे ग़ज़ल कह रहा हूँ,
ये दामन पसारे ग़ज़ल कह रहा हूँ।

मुख़ातिब हूँ यूँ तो ज़माने से लेकिन,
तुम्हारे ही मारे ग़ज़ल कह रहा हूँ।

तू बहता हुआ एक दरिया है जिसके,
किनारे-किनारे ग़ज़ल कह रहा हूँ।

कोई आसरा है, न कोई मसीहा,
ग़ज़ल के सहारे, ग़ज़ल कह रहा हूँ।

ये दुनिया मेरा आँकलन क्या करेगी,
तू ही कुछ बता रे, ग़ज़ल कह रहा हूँ।

'جب تک ہوں'

سب تک ہوں

پوچھو مت
کب تک ہوں

قسمت سے
اب تک ہوں

دریا کے
لب تک ہوں

خود میں گُم
رب تک ہوں

‘जब तक हूँ’,
सब तक हूँ।

पूछो मत,
कब तक हूँ।

क़िस्मत से,
अब तक हूँ।

दरिया के,
लब तक हूँ।

खुद में गुम,
रब तक हूँ।

تری ٹھوکر سے بکھرنا میرا
دیکھنا اب تو، بھٹکنا میرا

سب نے دیکھا ہے مجھے ہنستے ہوئے
کس نے دیکھا ہے سسکنا میرا

مانتا ہے جو مجھے پتھر دل
دیکھ لے کاش پگھلنا میرا

ہنسنے والوں کو میرے گرنے پر
راس آیا نہ سنبھلنا میرا

سب شکاری ہیں تیری بستی میں
کون دیکھے گا تڑپنا میرا

तेरी ठोकर से बिखरना मेरा,
देखना अब तू भटकना मेरा।

सबने देखा है मुझे हँसते हुए,
किसने देखा है सिसकना मेरा।

मानता है जो मुझे पत्थर-दिल,
देख ले काश पिघलना मेरा।

हँसने वालों को मेरे गिरने पर,
रास आया न सँभलना मेरा।

सब शिकारी हैं तेरी बस्ती में,
कौन देखेगा तड़पना मेरा।

آپ کیوں ہیں خفا کچھ پتا تو چلے
میری کیا ہے خطا کچھ پتا تو چلے

ذکر میرا ہوا جب تری بزم میں
کس نے کیا کیا کہا، کچھ پتا تو چلے

میں تو راضی ہوں تری رضا میں مگر
تیری کیا ہے رضا کچھ پتا تو چلے

بے وفائی کا تیری سبب کیا رہا
یار کچھ تو بتا، کچھ پتا تو چلے

کھلبلی کیوں مچی ہے چراغوں میں اب
ہے کدھر کی ہوا، کچھ پتہ چلے

आप क्यों हैं ख़फ़ा कुछ पता तो चले,
मेरी क्या है ख़ता कुछ पता तो चले।

ज़िक्र मेरा हुआ जब तेरी बज़्म में,
किसने क्या-क्या कहा, कुछ पता तो चले।

मैं तो राज़ी हूँ तेरी रज़ा में मगर,
तेरी क्या है रज़ा कुछ पता तो चले।

बेवफ़ाई का तेरी सबब क्या रहा,
यार कुछ तो बता, कुछ पता तो चले।

खलबली क्यों मची है चराग़ों में अब,
है किधर की हवा, कुछ पता तो चले।

میں وقت کی رفتار کو بس دیکھ رہا ہوں
بدلے ہوئے کردار کو بس دیکھ رہا ہوں

ریداس کے تلسی کے، نرالا کے وطن میں
بکتے ہوئے فنکار کو بس دیکھ رہا ہوں

حالات ہی سنگین ہے رہبر بھی کرے کیا
لاچار ہوں، لاچار کو بس دیکھ رہا ہوں

کشتی ہے تلاطم میں، ہے دور کنارہ
ٹوٹی ہوئی پتوار کو بس دیکھ رہا ہوں

تہذیب کی، اخلاق کی بنیاد ہلی ہے
گرتی ہوئی دیوار کو بس دیکھ رہا ہوں

मैं वक़्त की रफ़्तार को बस देख रहा हूँ,
बदले हुए किरदार को बस देख रहा हूँ।

रैदास के, तुलसी के, निराला के वतन में,
बिकते हुए फ़नकार को बस देख रहा हूँ।

हालात ही संगीन हैं रहबर भी करे क्या,
लाचार हूँ, लाचार को बस देख रहा हूँ।

कश्ती है तलातुम में, है दूर किनारा,
टूटी हुई पतवार को बस देख रहा हूँ।

तहज़ीब की, अख़लाक़ की, बुनियाद हिली है,
गिरती हुई दीवार को बस देख रहा हूँ।

کوئی پتھر پگھل رہا ہے کہیں
یعنی دریا اُبل رہا ہے کہیں

زلزلہ یونہی تو نہیں آیا
زخم کروٹ بدل رہا ہے کہیں

جب سمندر سے بھی نہ پیاس بجھی
کوئی سورج نگل رہا ہے کہیں

اُگ رہا ہے کہیں نیا سورج
کوئی چپ چاپ ڈھل رہا کہیں

بن پیئے ہی نشے میں ہے کوئی
کوئی پی کر سنبھل رہا ہے کہیں

कोई पत्थर पिघल रहा है कहीं,
यानी दरिया उबल रहा है कहीं।

ज़लज़ला यूँ ही तो नहीं आया,
ज़ख़्म करवट बदल रहा है कहीं।

जब समन्दर से भी न प्यास बुझी,
कोई सूरज निगल रहा है कहीं।

उग रहा है कहीं नया सूरज,
कोई चुपचाप ढल रहा है कहीं।

बिन पिये ही नशे में है कोई,
कोई पीकर सँभल रहा है कहीं।

شجر جب حق نبھانا چھوڑ دیتے ہیں
پرندے آشیانہ چھوڑ دیتے ہیں

اگر وہ آنا جانا چھوڑ دیتے ہیں
تو ہم بھی جانا آنا چھوڑ دیتے ہیں

کچھ ایسے بھی پرندے ہیں انا والے
قفص میں آب و دانا چھوڑ دیتے ہیں

جب آتا ہے خزاں کا دور گلشن میں
پرندے چہچہانا چھوڑ دیتے ہیں

اگر گھر میں کلام ہے آپس میں
تو بچّے مسکرانا چھوڑ دیتے ہیں

शजर जब हक निभाना छोड़ देते हैं,
परिन्दे आशियाना छोड़ देते हैं।

अगर वो आना-जाना छोड़ देते हैं,
तो हम भी जाना-आना छोड़ देते हैं।

कुछ ऐसे भी परिन्दे हैं अना वाले,
क़फ़स में आबो-दाना छोड़ देते हैं।

जब आता है ख़िज़ाँ का दौर गुलशन में,
परिन्दे चहचहाना छोड़ देते हैं।

अगर घर में कलह रहती है आपस में,
तो बच्चे मुस्कराना छोड़ देते हैं।

کسی بچّے کی آنکھوں کی نمی ہوں
کھلونے کو ترستی زندگی ہوں

اندھیروں کا کلیجہ چیرتی ہوں
میں اک نازک غزل کی روشنی ہوں

میں بدلی ہوں، میں برکھا ہوں، ندی ہوں
سمندر کی مسلسل تشنگی ہوں

میرا کیا حشر ہوگا جانتی ہوں
میں اک مفلس کے آنگن کی کلی ہوں

میں ٹوٹے بالوں پر کی بے بسی ہوں
قفس میں قید ہوں، افسردگی ہوں

किसी बच्चे की आँखों की नमी हूँ,
खिलौने को तरसती ज़िंदगी हूँ।

अँधेरों का कलेजा चीरती हूँ,
मैं इक नाज़ुक ग़ज़ल की रौशनी हूँ।

मैं बदली हूँ, मैं बरखा हूँ, नदी हूँ,
समंदर की मुसलसल तिश्नगी हूँ।

मेरा क्या हश्र होगा जानती हूँ,
मैं इक मुफ़लिस के आँगन की कली हूँ।

मैं टूटे बालो-पर की बेबसी हूँ,
क़फ़स में क़ैद हूँ, अफ़सुर्दगी हूँ।

ظلم کی انتہا نہ ہوجائے
باوفا، بے وفا نہ ہوجائے

پوجتا ہوں اُسے، مگر ڈر ہے
وہ کہیں دیوتا نہ ہوجائے

اِس قدر بندشوں سے تنگ آکر
زندگی ہی خفا نہ ہوجائے

منزلِ عشق ڈھونڈنے والا
خود کہیں لاپتا نہ ہو جائے

کچھ مکھوٹے اُدھر لایا ہوں
آئینوں کو پتا نہ ہو جائے

ज़ुल्म की इन्तिहा न हो जाए,
बावफ़ा, बेवफ़ा न हो जाए।

पूजता हूँ उसे, मगर डर है,
वो कहीं देवता न हो जाए।

इस क़दर बंदिशों से तंग आकर,
ज़िन्दगी ही ख़फ़ा न हो जाए।

मंज़िले-इश्क़ ढूँढने वाला,
खुद कहीं लापता न हो जाए।

कुछ मुखौटे उधार लाया हूँ,
आईनों को पता न हो जाए।

سیاست کی وفاداری ہوائیں جانتی ہیں
کہاں کتنا برسنا ہے گھٹائیں جانتی ہیں

یہ شامل ہیں نئے چراغوں کی سازشوں میں
کسے بیمار رکھنا ہیں دوائیں جانتی ہیں

بچا لیتی ہیں مجرم کو وکیلوں کی دلیلیں
گناہوں کو چھپانے کی کلائیں جانتی ہیں

بڑی نادان ہیں اس دور کی یہ کمسنیں بھی
مگر الزام کس پر کب لگائیں جانتی ہیں

سیانی ہوگئی ہیں اب بہت یہ آندھیاں بھی
درختوں کو کہاں کب کب گرائیں جانتی ہیں

सियासत की वफ़ादारी हवाएँ जानती हैं,
कहाँ कितना बरसना है घटाएँ जानती हैं।

ये शामिल हैं नए चारागरों की साज़िशों में,
किसे बीमार रखना हैं दवाएँ जानती हैं।

बचा लेती हैं मुजरिम को, वकीलों की दलीलें,
गुनाहों को छिपाने की कलाएँ जानती हैं।

बड़ी नादान हैं इस दौर की ये कमसिनें भी,
मगर इल्ज़ाम किस पर कब लगाएँ जानती हैं।

सयानी हो गई है अब बहुत ये आँधियाँ भी,
दरख़्तों को कहाँ, कब-कब गिराएँ जानती हैं।

سانس جاتی ہے، لوٹ آتی ہے
عمر سے قول ہے، نبھاتی ہے

فخر کرتی ہے جاں نثاری پر
زندگی پیٹھ تھپتھپاتی ہے

صرف دنیا ہی دکھ نہیں دیتی
آپ کی یاد بھی ستاتی ہے

لاکھ لڑ لیجیے زمانے سے
انکساری ہی کام آتی ہے

موت کو اپنی جان دے دوں گا
موت کیا روز روز آتی ہے

साँस जाती है, लौट आती है,
उम्र से क़ौल है, निभाती है।

फ़ख़्र करती है जाँ निसारी पर,
ज़िन्दगी पीठ थपथपाती है।

सिर्फ़ दुनिया ही दुख नहीं देती,
आपकी याद भी सताती है।

लाख लड़ लीजिए ज़माने से,
इंकिसारी ही काम आती है।

मौत को अपनी जान दे दूँगा,
मौत क्या रोज़-रोज़ आती है।

محبت کی راہوں میں بھٹکا ہوا ہوں
وہ کیا ڈھونڈتا ہے جو خود لاپتا ہے

تیرے دل سے ہوکر پہنچنا ہے تجھ تک
تو ہی میری منزل تو ہی راستہ ہے

نشے میں ہے جو بھی، سلیقے میں ہے وہ
تیرے میکدے کا یہ دستور کیا ہے

وہ ایسے بھلا کیسے مل جائے سب کو
ملا خاک میں جو، اُسی کو ملا ہے

اُگا ہے جو سورج، ڈھلے گا، اُگے گا
ازل سے ابد تک یہی سلسلہ ہے

मोहब्बत की राहों में भटका हुआ है,
वो क्या ढूँढता है जो ख़ुद लापता है।

तेरे दिल से होकर पहुँचना है तुझ तक,
तू ही मेरी मंज़िल तू ही रास्ता है।

नशे में है जो भी, सलीक़े में है वो,
तेरे मयक़दे का ये दस्तूर क्या है।

वो ऐसे भला कैसे मिल जाए सबको,
मिला ख़ाक में जो, उसी को मिला है।

उगा है जो सूरज, ढलेगा, उगेगा,
अज़ल से अबद तक यही सिलसिला है।

مانگوں اور خزانہ کیا
پا کر تجھ کو پانا کیا

ہنس کر بول دیے دو بول
عاشق کا بہکانا کیا

چند دنوں کی رونق ہے
یوون پر اِترانا کیا

طوفانوں سے ٹکراؤ
اپنوں سے ٹکرانا کیا

ہم ٹھہرے رمتے جوگی
اپنا ٹھور ٹھکانا کیا

माँगूँ और ख़ज़ाना क्या,
पाकर तुझको पाना क्या।

हँसकर बोल दिए दो बोल,
आशिक का बहकाना क्या।

चंद दिनों की रौनक़ है,
यौवन पर इतराना क्या।

तूफ़ानों से टकराओ,
अपनों से टकराना क्या।

हम ठहरे रमते जोगी,
अपना ठौर ठिकाना क्या।

اور کیا اس کے سوا ہوجائے گا
حد سے حد تو بے وفا ہوجائے گا

آئینہ دیکھا نہ کر یوں بار بار
ورنہ یہ بھی سرپھرا ہوجائے گا

خوشبوؤں سے دوستی کر لیجیے
تتلیوں میں دبدبہ ہوجائے گا

خشک پتے در بدر ہوجائیں گے
پیڑ تو پھر بھی ہرا ہو جائے گا

مانگ کر پہنی ہوئی دستار سے
سوچتا ہے وہ، بڑا ہوجائے گا

और क्या इसके सिवा हो जाएगा,
हद से हद तू बेवफ़ा हो जाएगा।

आइना देखा न कर यूँ बार-बार,
वरना ये भी सरफिरा हो जाएगा।

ख़ुशबुओं से दोस्ती कर लीजिए,
तितलियों में दबदबा हो जाएगा।

ख़ुश्क पत्ते दर-ब-दर हो जाएँगे,
पेड़ तो फिर भी हरा हो जाएगा।

माँगकर पहनी हुई दस्तार से,
सोचता है वो, बड़ा हो जाएगा।

یہ کرشمہ بتا ہوا کیسے
تو کسی کا سگا ہوا کیسے

ساری بستی تو جل کے راکھ ہوئی
ہے تیرا گھر بچا ہوا کیسے

تو تو یوں بھی انا سے روشن تھا
لوٹ آیا بجھا ہوا کیسے

اتنا مجبور بھی نہیں تھا تو
پھر بتا، باوفا ہوا کیسے

جس پہ الزام قتلِ عام لگا
جانتا ہوں رہا ہوا کیسے

ये करिश्मा बता हुआ कैसे,
तू किसी का सगा हुआ कैसे।

सारी बस्ती तो जल के राख हुई,
है तेरा घर बचा हुआ कैसे।

तू तो यूँ भी अना से रौशन था,
लौट आया बुझा हुआ कैसे।

इतना मजबूर भी नहीं था तू,
फिर बता, बावफ़ा हुआ कैसे।

जिसपे इल्ज़ामे-क़त्ले-आम लगा,
जानता हूँ रिहा हुआ कैसे।

دوا تو دوا ہے، دعا بھی نہ دے گا
وہ ٹھہرا سگا، حوصلہ بھی نہ دے گا

جو انگلی تیری تھام کر چل رہا ہے
سہارا تو کیا، راستہ بھی نہ دے گا

یہ طے تھا، وہ خنجر چلائے گا مجھ پر
مگر کیا پتہ تھا، ہوا بھی نہ دے گا

یہ منصف جو اُس نے مقرر کیا ہے
سزا تو سزا، فیصلہ بھی نہ دے گا

دلیلیں تو ہوں گی تیرے پاس لیکن
گواہی تیری آئینہ بھی نہ دے گا

दवा तो दवा है, दुआ भी न देगा,
वो ठहरा सगा, हौसला भी न देगा।

जो उँगली तेरी थामकर चल रहा है,
सहारा तो क्या, रास्ता भी न देगा।

ये तय था, वो ख़ंजर चलाएगा मुझ पर,
मगर क्या पता था, हवा भी न देगा।

ये मुंसिफ़ जो उसने मुक़र्रर किया है,
सज़ा तो सज़ा, फ़ैसला भी न देगा।

दलीलें तो होंगी तेरे पास लेकिन,
गवाही तेरी आईना भी न देगा।

بہت ہم یاد آئیں گے کسی دن دیکھ لینا
چلے اُس پار جائیں گے کسی دن دیکھ لینا

زمانہ تو پکارے گا ہمیں آواز دے کر
پلٹ کر ہم نہ آئیں گے کسی دن دیکھ لینا

رہے پیاسے سدا ہی آپ کے در پر مگر ہم
گھٹا بن بن کے چھائیں گے کسی دن دیکھ لینا

کسی مجبور کے حالات پر جو ہنس رہے ہیں
وہ آنسو بھی بہائیں گے کسی دن دیکھ لینا

بیعانہ لے چکے ہیں بیچ ڈالیں گے چمن کو
یہ کیا کیا گل کھلائیں گے کسی دن دیکھ لینا

बहुत हम याद आएँगे, किसी दिन देख लेना,
चले उस पार जाएँगे, किसी दिन देख लेना।

ज़माना तो पुकारेगा हमें आवाज़ देकर,
पलट कर हम न आएँगे, किसी दिन देख लेना।

रहे प्यासे सदा ही आपके दर पर मगर हम,
घटा बनके छाएँगे, किसी दिन देख लेना।

किसी मजबूर के हालात पर जो हँस रहे हैं,
वो आँसू भी बहाएँगे, किसी दिन देख लेना।

बयाना ले चुके हैं बेच डालेंगे चमन को,
ये क्या-क्या गुल खिलाएँगे, किसी दिन देख लेना।

زخمِ دل کی چبھن کھو گئی
بات آئی گئی ہوگئی

میں نے سورج سے کی دوستی
آنکھ کی روشنی کھو گئی

ڈوبنے کا مجھے غم نہیں
اُن کی زندہ دلی تو گئی

آپ کا آسرا کیا ملا
زندگی، بندگی ہوگئی

اُس کی راتوں کی نیندیں اڑیں
جس کی بٹیا بڑی ہوگئی

ज़ख़्मे-दिल की चुभन खो गई,
बात आई गई हो गई।

मैंने सूरज से की दोस्ती,
आँख की रौशनी खो गई।

डूबने का मुझे ग़म नहीं,
उनकी ज़िन्दा दिली तो गई।

आपका आसरा किया मिला,
ज़िन्दगी बन्दगी हो गई।

उसकी रातों की नींदें उड़ीं,
जिसकी बिटिया बड़ी हो गई।

وہ نظروں کو جب سے چرانے لگے ہیں
زمانے کی نظروں میں آنے لگے ہیں

سنا ہے کہ وعدے نبھانے لگے ہیں
وہ جانے کہاں آنے جانے لگے ہیں

جو کی گفتگو ہم نے تیور بدل کر
تبھی ہوش اُن کے ٹھکانے لگے ہیں

خبر کیا اڑی اُن کی دریا دلی کی
مقدر سبھی آزمانے لگے ہیں

کسی کی وہ پہلی نظر بھولنے میں
ہمیں جانے کتنے زمانے لگے ہیں

वो नज़रों को जब से चुराने लगे हैं,
ज़माने की नज़रों में आने लगे हैं।

सुना है कि वादे निभाने लगे हैं,
वो जाने कहाँ आने जाने लगे हैं।

जो की गुफ़्तुगू हमने तेवर बदलकर,
तभी होश उनके ठिकाने लगे हैं।

ख़बर किया उड़ी उनकी दरिया दिली की,
मुक़द्दर सभी आज़माने लगे हैं।

किसी की वो पहली नज़र भूलने में,
हमें जाने कितने ज़माने लगे हैं।

زخم یہ اس لیے دکھاتا ہوں
میں ترا حوصلہ بڑھاتا ہوں

ہے نشانہ اگر اچوک اُس کا
سر کو میں ہی کہاں بچاتا ہوں

درد ظاہر کبھی نہیں کرتا
میں بھی ظالم کو یوں ستاتا ہوں

صبر کرتا ہوں لاکھ میں لیکن
باندھ کی طرح ٹوٹ جاتا ہوں

جانتا ہوں مزاج میں اُن کا
اس لیے ہاں میں ہاں ملاتا ہوں

ज़ख़्म ये इसलिए दिखाता हूँ,
मैं तेरा हौसला बढ़ाता हूँ।

है निशाना अगर अचूक उसका,
सर को मैं ही कहाँ बचाता हूँ।

दर्द ज़ाहिर कभी नहीं करता,
मैं भी ज़ालिम को यूँ सताता हूँ।

सब्र करता हूँ लाख मैं लेकिन,
बाँध की तरहा टूट जाता हूँ।

जानता हूँ मिज़ाज मैं उनका,
इसलिए हाँ में हाँ मिलाता हूँ।

بھاؤناؤں میں بہہ گیا کوئی
اس لیے تٹ پہ رہ گیا کوئی

تیرے قدموں کے بھی نشاں نہ ملے
ڈھونڈنے ہر جگہ گیا کوئی

تو نے دیکھا نہیں ترے در سے
لوٹ کر کس طرح گیا کوئی

یا الٰہی وہ پار لگ جائیں
ڈوبتے وقت کہہ گیا کوئی

کوئی اتنا تو اُس کو بتلادے
تیرا ہر ظلم سہہ گیا کوئی

भावनाओं में बह गया कोई,
इसलिए तट पे रह गया कोई।

तेरे क़दमों के भी निशाँ न मिले,
ढूँढने हर जगह गया कोई।

तूने देखा नहीं तेरे दर से,
लौट कर किस तरह गया कोई।

या इलाही वो पार लग जाएँ,
डूबते वक़्त कह गया कोई।

कोई इतना तो उसको बतला दे,
तेरा हर ज़ुल्म सह गया कोई।

آگ سینے میں دبائے رکھیے
لب پہ مسکان سجائے رکھیے

ظلم کی رات بھی کٹ جائے گی
آس کا دیپ جلائے رکھیے

جس سے دب جائیں کراہیں گھر کی
کچھ نہ کچھ شور مچائے رکھیے

غیر ممکن ہے پہنچنا اُن تک
اُن کی یادوں کو بچائے رکھیے

جاگ جائے گا تو حق مانگے گا
سوئے انساں کو سلائے رکھیے

आग सीने में दबाए रखिए,
लब पे मुस्कान सजाए रखिए।

ज़ुल्म की रात भी कट जाएगी,
आस का दीप जलाए रखिए।

जिससे दब जाएँ कराहें घर की,
कुछ न कुछ शोर मचाए रखिए।

ग़ैर मुमकिन है पहुँचना उन तक,
उनकी यादों को बचाए रखिए।

जाग जाएगा तो हक़ माँगेगा,
सोए इन्साँ को सुलाए रखिए।

متفرق اشعار

شعر اچھا برا نہیں ہوتا
یا تو ہوتا ہے، یا نہیں ہوتا

آؤ تعریف ہم باری باری کریں
تم ہماری کرو، ہم تمہاری کریں

ساتھ اُن کے کھڑے ہوگئے
لوگ یوں بھی بڑے ہوگئے

اچھا کیا جو آپ نے مطلب بتا دیا
حالانکہ وہ بیان بڑا صاف صاف تھا

پنچھی کی پیڑا پر جس نے بڑھیا شعر سنایا ہے
ابھی ابھی وہ ایک تندوری مرغا کھا کر آیا ہے

चर्चित शे'र

शे'र अच्छा बुरा नहीं होता,
या तो होता है, या नहीं होता।

आओ तारीफ़ हम बारी-बारी करें,
तुम हमारी करो, हम तुम्हारी करें।

साथ उनके खड़े हो गए,
लोग यूँ भी बड़े हो गए।

अच्छा किया जो आपने मतलब बता दिया,
हाँलाकि वो बयान बड़ा साफ़-साफ़ था।

पंछी की पीड़ा पर जिसने बढ़िया शे'र सुनाया है,
अभी-अभी वो एक तँदूरी मुर्ग़ा खाकर आया है।

آخری بات جو پہلے ہی بتا دی ہوتی
میں نے اوقات سے بڑھ کر نہ خطا کی ہوتی

شجر جب حق نبھانا چھوڑ دیتے ہیں
پرندے آشیانہ چھوڑ دیتے ہیں

جانتا ہوں مزاج میں اُن کا
اس لیے ہاں میں ہاں ملاتا ہوں

عدالت سے، گواہوں سے، وکیلوں سے نہیں ہوتا
دلوں کا فیصلہ کوئی دلیلوں سے نہیں ہوتا

ایسا کرنا چاہیے جی ویسا کرنا چاہیے
ایسا کہنے والوں کو، خود کیا کرنا چاہیے

आख़िरी बात जो पहले ही बता दी होती,
मैंने औक़ात से बढ़कर न ख़ता की होती।

शजर जब हक़ निभाना छोड़ देते हैं,
परिन्दे आशियाना छोड़ देते हैं।

जानता हूँ मिज़ाज मैं उनका,
इसलिए हाँ में हाँ मिलाता हूँ।

अदालत से, गवाहों से, वकीलों से नहीं होता,
दिलों का फ़ैसला कोई दलीलों से नहीं होता।

ऐसा करना चाहिए जी, वैसा करना चाहिए,
ऐसा कहने वालों को, खुद क्या करना चाहिए।

صرف آلو چنا ہی کرتے رہے
دیکھتے دیکھتے نامور ہو گئے

میں خط میں جب لکھتا ہوں، وہاں سب خیر سے ہوں گے
تبھی کیوں کانپتی ہیں اُنگلیاں بھگوان ہی جانے

میری خطائیں تو گن گن کے درج کرتا ہے
میری وفاؤں کا اُس پر کوئی حساب نہیں

وہ دکھاوے کو جو رویا ساتھ تیرے زار زار
گھر جلانے میں شرارت اُس کی پائی جائے گی

عجیب شخص ہے وعدہ نبھا بھی دیتا ہے
یہ بات اور ہے، وہ دل دکھا بھی دیتا ہے

सिर्फ़ आलोचना ही जो करते रहे,
देखते-देखते नामवर हो गए।

मैं ख़त में जब लिखता हूँ, वहाँ सब ख़ैर से होंगे,
तभी क्यों काँपती हैं उँगलियाँ भगवान ही जाने।

मेरी ख़ताएँ तो गिन-गिन के दर्ज करता है,
मेरी वफ़ाओं का उस पर कोई हिसाब नहीं।

वो दिखावे को जो रोया साथ तेरे ज़ार-ज़ार,
घर जलाने में शरारत उसकी पाई जाएगी।

अजीब शख़्स है वादा निभा भी देता है,
ये बात और है, वो दिल दुखा भी देता है।

رنجش ہے اُس کو مجھ سے مگر یہ کمال ہے
دشمن بھی میرے اُس نے ٹھکانے لگا دیے

حسن و شباب کی تو بہت بات ہوچکی
خطرے میں آدمی ہے، بچانے کی بات کر

تمام عمر ہی لگ جائے بھولنے میں اُسے
کسی غریب پہ اتنا کرم نہیں کرنا

مل جائے گا ثواب عبادت کا آپ کو
آنسو کسی کے غم میں بہاکر تو دیکھئے

گزرتا ہے دنیا سے ہر کوئی لیکن
کوئی قرض لے کر کوئی قرض دے کر

रंजिश है उसको मुझसे मगर ये कमाल है,
दुश्मन भी मेरे उसने ठिकाने लगा दिए।

हुस्नो-शबाब की तो बहुत बात हो चुकी,
ख़तरे में आदमी है, बचाने की बात कर।

तमाम उम्र ही लग जाए भूलने में उसे,
किसी ग़रीब पे इतना करम नहीं करना।

मिल जाएगा सवाब इबादत का आपको,
आँसू किसी के ग़म में बहाकर तो देखिए।

गुज़रता है दुनिया से हर कोई लेकिन,
कोई क़र्ज़ लेकर, कोई कर्ज़ देकर।

کچھ تو تھک جائیں گے، کچھ بھٹک جائیں گے
کچھ یقیناً تیرے بام تک جائیں گے

اب وہ گھر سے نکل لیے ہوں گے
اور تیور بدل لیے ہوں گے

اک سمندر سے دوستی کے لیے
شرط ہے، ڈوبنا بھی آتا ہو

ایک تو بولنا وہ بھی سچ
سر پھرا تو نہیں ہو گیا

صحیح کیا ہے، غلط کیا ہے
یہی شاشوت سمسیا ہے

कुछ तो थक जाएँगे, कुछ भटक जाएँगे,
कुछ यक़ीनन तेरे बाम तक जाएँगे।

अब वो घर से निकल लिए होंगे,
और तेवर बदल लिए होंगे।

इक समन्दर से दोस्ती के लिए,
शर्त है, डूबना भी आता हो।

एक तो बोलना, वो भी सच,
सरफिरा तो नहीं हो गया।

सही क्या है, ग़लत क्या है,
यही शाश्वत समस्या है।

آخر کس کس سے لڑتا
میں خود سے لڑ آیا بس

انا بیچی، وفا کی لو بجھا دی
اُسے دھن کامیابی کی لگی ہے

جس سے دب جائیں کراہیں گھر کی
کچھ نہ کچھ شور مچائے رکھیے

درد ظاہر کبھی نہیں کرتا
میں بھی ظالم کو یوں ستاتا ہوں

ہم نے ساری سزا بھگت لی جب
اُن کو الزام یاد آیا ہے

आख़िर किस-किस से लड़ता,
मैं ख़ुद से लड़ आया बस।

अना बेची, वफ़ा की लौ बुझा दी,
उसे धुन कामयाबी की लगी है।

जिससे दब जाएँ कराहें घर की,
कुछ न कुछ शोर मचाए रखिए।

दर्द ज़ाहिर कभी नहीं करता,
मैं भी ज़ालिम को यूँ सताता हूँ।

हमने सारी सज़ा भुगत ली जब,
उनको इल्ज़ाम याद आया है।

آسماں ہے زمین ہے لیکن
ہم فقیروں کا گھر نہیں ہوتا

رہزنوں سے تیری دوستی
رہنما تو نہیں ہو گیا

ہیں مراسم جو روک لیتے ہیں
صاف کہنا ہمیں بھی آتا ہے

یا الٰہی وہ پار لگ جائیں
ڈوبتے وقت کہہ گیا کوئی

دو طرح کے ہیں لوگ دنیا میں
تیرے جیسے ہیں، یا میرے جیسے

आसमाँ है ज़मीन है लेकिन,
हम फ़क़ीरों का घर नहीं होता।

रहज़नों से तेरी दोस्ती,
रहनुमा तो नहीं हो गया।

हैं मरासिम जो रोक लेते हैं,
साफ़ कहना हमें भी आता है।

या इलाही वो पार लग जाएँ,
डूबते वक़्त कह गया काई।

दो तरह के हैं लोग दुनिया में,
तेरे जैसे हैं, या मेरे जैसे।

رکھ گیا گلاب قبر پر
کون قدردان ہو گیا

اس سے پہلے کی ستارے توڑیں
پاؤں دھرتی پہ جمانے ہوں گے

تیرے اپنوں سے ملا ہوں جب سے
تجھ کو بھی جان گیا تو کیا ہے

تجھ کو پوجا، الگ بات ہے
تو خدا تو نہیں ہو گیا

حال کسی نے کیا پوچھا
وہ اُس دن سے گھر پر ہے

रख गया गुलाब क़ब्र पर,
कौन क़द्रदान हो गया।

इससे पहले कि सितारे तोड़ें,
पाँव धरती पे जमाने होंगे।

तेरे अपनों से मिला हूँ जब से,
तुझको भी जान गया तू क्या है।

तुझको पूजा, अलग बात है,
तू ख़ुदा तो नहीं हो गया।

हाल किसी ने क्या पूछा,
वो उस दिन से घर पर है।

کوئی بیساکھیاں نہیں بنتا
ٹوکتے سب ہیں لڑکھڑانے کو

دن جھمیلوں میں کٹتا رہا
رات اشکوں میں ڈھلتی رہی

رشتہ جب لاچار ہوا
آنگن کی دیوار ہوا

اِدھر بھی ہو، اُدھر بھی
کسے بہکا رہے ہو

کیا کیا بھید چھپائے گا
چہرہ آخر چہرہ ہے

कोई बैसाखियाँ नहीं बनता,
टोकते सब हैं लड़खड़ाने को।

दिन झमेलों में कटता रहा,
रात अश्कों में ढलती रही।

रिश्ता जब लाचार हुआ,
आँगन की दीवार हुआ।

इधर भी हो, उधर भी,
किसे बहका रहे हो।

क्या-क्या भेद छुपाएगा,
चेहरा आख़िर चेहरा है।

خود کا جو گن گان کرے گا
اپنا ہی نقصان کرے گا

صبر و سکوں ہے چہرے پر
یہ تصویر پرانی ہے

دستک سے پہچانا کر
تب دروازہ کھولا کر

تیری یادوں کا جھونکا
جوگی کا سا پھیرا ہے

رشتہ کتنا ہی گہرا ہو
کھلتا ہے گر راس نہ آئے

खुद का जो गुणगान करेगा,
अपना ही नुकसान करेगा।

सब्रो-सुकूँ है चेह्रे पर,
ये तस्वीर पुरानी है।

दस्तक से पहचाना कर,
तब दरवाज़ा खोला कर।

तेरी यादों का झोंका,
जोगी का सा फेरा है।

रिश्ता कितना ही गहरा हो,
खलता है गर रास न आए।

میں نے سورج سے کی دوستی
آنکھ کی روشنی کھو گئی

جو حقیقت بیاں کر دوں
مٹھّیاں تان لوگے تم

یہ بات بھی طے سمجھو
طے کچھ بھی نہیں ہوتا

تو مجھ کو بسرا دے گا
اچھا چل بسرا کر دیکھ

جو دعویٰ کر رہا ہے دوستی کا
مزہ وہ دے رہا ہے دشمنی کا

मैंने सूरज से की दोस्ती,
आँख की रोशनी खो गई।

जो हक़ीक़त बयाँ कर दूँ,
मुट्ठियाँ तान लोगे तुम।

ये बात भी तय समझो,
तय कुछ भी नहीं होता।

तू मुझको बिसरा देगा,
अच्छा चल बिसरा कर देख।

जो दावा कर रहा है दोस्ती का,
मज़ा वो दे रहा है दुश्मनी का।

یہ کیسا دور ہے، ہر آدمی اب
بنا کھوئے ہی پانا چاہتا ہے

ظلم تو بھول بھی جاؤں لیکن
تیرے احسان اتاروں کیسے

جب بھی ہوتا ہے وہ خفا مجھ سے
میری ہر بات مان لیتا ہے

ایکتا کے سبھی پکشدھر ہو گئے
کچھ اِدھر ہو گئے، کچھ اُدھر ہو گئے

راج دلوں پر کرتا ہوں میں
سرکاری سمّان نہیں ہوں

ये कैसा दौर है, हर आदमी अब,
बिना खोए ही पाना चाहता है।

जुल्म तो भूल भी जाऊँ लेकिन,
तेरे अहसान उतारूँ कैसे।

जब भी होता है वो ख़फ़ा मुझसे,
मेरी हर बात मान लेता है।

एकता के सभी पक्षधर हो गए,
कुछ इधर हो गए, कुछ उधर हो गए।

राज दिलों पर करता हूँ मैं,
सरकारी सम्मान नहीं हूँ।

آدمی ہے تو جی آدمی کے لیے
زندگی خرچ مت کر خودی کے لیے

درد ہے، آس ہے، جام ہے، پیاس ہے
اور کیا چاہیے شاعری کے لیے

دنیا والے کیوں جیتے ہیں وہ جانیں
ہم تو خیر کسی کے مارے جیتے ہیں

جس منزل کو پاکر تم اتراتے ہو
اُس پر آکر جانے کتنے لوٹ گئے

ماں کے قدموں میں ہے جنت یہ بتانے والے
مجھ کو لگتا ہے کہ جنت سے وہ آگے نہ گئے

आदमी है तो जी आदमी के लिए,
ज़िन्दगी ख़र्च मत कर खुदी के लिए।

दर्द है, आस है, जाम है, प्यास है,
और क्या चाहिए शायरी के लिए।

दुनिया वाले क्यों जीते हैं वो जानें,
हम तो ख़ैर किसी के मारे जीते हैं।

जिस मंज़िल को पाकर तुम इतराते हो,
उस पर आकर जाने कितने लौट गए।

माँ के क़दमों में है जन्नत, ये बताने वाले,
मुझको लगता है कि जन्नत से वो आगे न गए।

جاتے جاتے وہ ایسی قسم دے گیا
عمر بھر کے لیے رنج و غم دے گیا

اُس نے دیکھا کچھ ایسے کہ دیکھا نہ ہو
کچھ یقیں دے گیا، کچھ بھرم دے گیا

میں پیاسا ہوں، مگر اتنا نہیں ہوں
کہ جتنا کوئی دریا سوچتا ہے

وہ جانتا ہے کہ ہر حال میں اُسی کا ہوں
دوا تو دور میرا حال بھی نہ پوچھے گا

تو بھی اوروں جیسا نکلا
کیا کیا سوچا تھا، کیا نکلا

जाते-जाते वो ऐसी क़सम दे गया,
उम्र भी के लिए रंजो-ग़म दे गया।

उसने देखा कुछ ऐसे कि देखा न हो,
कुछ यक़ीं दे गया, कुछ भरम दे गया।

मैं प्यासा हूँ, मगर इतना नहीं हूँ,
कि जितना कोई दरिया सोचता है।

वो जानता है कि हर हाल में उसी का हूँ,
दवा तो दूर मेरा हाल भी न पूछेगा।

तू भी औरों जैसा निकला,
क्या-क्या सोचा था, क्या निकला।

ہوا کا رُخ بدلتے ہی، وفا کا رُخ بدلتا ہے
یہ ہے دستور دنیا کا، اسی سے کام چلتا ہے

صورت تو بھلی سی ہے، کردار خدا جانے
اُس بار تو بچ نکلے، اِس بار خدا جانے

جو چندا تھا، جو سورج تھا، میرا کیا کیا نہیں تھا
وہ ہی آنکھیں دکھائے گا، یہ اندازہ نہیں تھا

آگ لگانے والی خبریں خود اُڑ جائیں گی
آگ بجھانے والے گمنامی میں رہتے ہیں

آدمی میں آدمیت کی مہک سی کچھ تو ہو
حق پرستی، بُت پرستی، مئے پرستی کچھ تو ہو

हवा कर रुख़ बदलते ही, वफ़ा का रुख़ बदलता है,
ये है दस्तूर दुनिया का, इसी से काम चलता है।

सूरत तो भली सी है, किरदार ख़ुदा जाने,
उस बार तो बच निकले, इस बार ख़ुदा जाने।

जो चंदा था, जो सूरज था, मेरा क्या-क्या नहीं था,
वो ही आँखें दिखाएगा, ये अन्दाज़ा नहीं था।

आग लगाने वाली ख़बरें खुद उड़ जाएँगी,
आग बुझाने वाले गुमनामी में रहते हैं।

आदमी में आदमीयत की महक सी कुछ तो हो,
हक़ परस्ती, बुत परस्ती, मय परस्ती कुछ तो हो।

کیوں اُس کو مناؤں جو مجھ سے خفا ہے
وہ اُس کی ادا ہے، یہ میری ادا ہے

کچھ ٹوٹ رہا ہے دونوں کی انا سے
اُس کو بھی پتا ہے، مجھ کو بھی پتا ہے

اتنی نفرت یار کہاں سے لاتے ہو
لفظوں میں انگار کہاں سے لاتے ہو

کل جو تھے تم، آج نہیں ہو، کل کچھ اور
روز نئے کردار کہاں سے لاتے ہو

خبر ہو گئے آج ہم جن کی خاطر
اُنہی کو ہماری خبر تک نہیں ہے

क्यों उसको मनाऊँ जो मुझसे ख़फ़ा है,
वो उसकी अदा है, ये मेरी अदा है।

कुछ टूट रहा है दोनों की अना से,
उसको भी पता है, मुझको भी पता है।

इतनी नफ़रत यार कहाँ से लाते हो,
लफ़्ज़ों में अंगार कहाँ से लाते हो।

कल जो थे तुम, आज नहीं हो, कल कुछ और,
रोज़ नए किरदार कहाँ से लाते हो।

ख़बर हो गए आज हम जिनकी ख़ातिर,
उन्हीं को हमारी ख़बर तक नहीं है।

سیدھی سچی بانی رکھ
لفظوں میں آسانی رکھ

تو بھی گُم ہو سکتا ہے
خود پر بھی نگرانی رکھ

جن لمحوں میں جینا تھا
اُن لمحوں میں مر بیٹھے

منزل پر بھی افسردہ ہوں
اِس سے تو بھٹکاؤ بھلا تھا

اُن کا آنا جانا تھا
وہ بھی ایک زمانہ تھا

सीधी सच्ची बानी रख,
लफ़्ज़ों में आसानी रख।

तू भी गुम हो सकता है,
ख़ुद पर भी निगरानी रख।

जिन लमहों में जीना था,
उन लमहों में मर बैठे।

मंज़िल पर भी अफ़सुर्दा हूँ,
इससे तो भटकाव भला था।

उनका आना जाना था,
वो भी एक ज़माना था।

یوں ہی بھٹکا نہیں کوئی پھرتا
گھر میں رہنا ہمیں بھی آتا ہے

چاہتا ہوں امیر ہو جاؤں
تیرے در کا فقیر ہو جاؤں

دشمنِ جاں سے پیار کر بیٹھے
خود ہی اپنا شکار کر بیٹھے

کوئی وعدہ نہیں کیا اُس نے
پھر بھی ہم اعتبار کر بیٹھ

تشنگی، خواب، عشق، تنہائی
سر پہ کیا کیا سوار کر بیٹھے

यूँ ही भटका नहीं कोई फिरता,
घर में रहना हमें भी आता है।

चाहता हूँ अमीर हो जाऊँ,
तेरे दर का फ़कीर हो जाऊँ।

दुश्मने-जाँ से प्यार कर बैठे,
खुद ही अपना शिकार कर बैठे।

कोई वादा नहीं किया उसने,
फिर भी हम ऐतबार कर बैठ।

तिश्नगी, ख़्वाब, इश्क़, तनहाई,
सर पे क्या-क्या सवार कर बैठे।

میری وفاؤں کا مجھ کو صلا وہ کیا دے گا
میں جانتا ہوں کہ مجبوریاں گنا دے گا

کرم تو کرم ہے ستم بھی نہیں
تو کیا عشق کا اب بھرم بھی نہیں

سب اپنا کردار نبھانے آئے ہیں
دُکھ دینے کچھ، درد مٹانے آئے ہیں

ہر غم سہنا پڑتا ہے خاموشی سے
تب جاکر گمنامی حاصل ہوتی ہے

سکھ دُکھ کا میرا ایک مکمل جہان ہے
میرا ہر اک شعر میری داستان ہے

मेरी वफ़ाओं का मुझको सिला वो क्या देगा,
मैं जानता हूँ कि मजबूरियाँ गिना देगा।

करम तो करम है सितम भी नहीं,
तो क्या इश्क़ का अब भरम भी नहीं।

सब अपना किरदार निभाने आए हैं,
दुख देने कुछ, दर्द मिटाने आए हैं।

हर ग़म सहना पड़ता है ख़ामोशी से,
तब जाकर गुमनामी हासिल होती है।

सुख-दुख का मेरा एक मुकम्मल जहान है,
मेरा हरेक शे'र मेरी दास्तान है।

اپنے دل کو چھوکر دیکھ
کیا ہوتا ہے پتھر دیکھ

غلط میں بھی نہیں تو بھی سہی ہے
مجھے اپنی تجھے اپنی پڑی ہے

سنگی ساتھی تو چلتے ہیں ساتھ مگر
کچھ یادیں بھی ساتھ چِتا تک جاتی ہیں

صبح آتی ہے روز ہاتھ میں پتھر لے کر
ہم بھی اُٹھتے ہیں روز ایک نیا سر لے کر

گھر بھی پھونکا نہ جائے ہے مجھ سے
دل کہے ہے کبیر ہو جاؤں

अपने दिल को छूकर देख,
क्या होता है पत्थर देख।

ग़लत मैं भी नहीं तू भी सही हूँ,
मुझे अपनी तुझे अपनी पड़ी है।

संगी साथी तो चलते हैं साथ मगर,
कुछ यादें भी साथ चिता तक जाती हैं।

सुबह आती है रोज़ हाथ में पत्थर लेकर,
हम भी उठते हैं रोज़ एक नया सर लेकर।

घर भी फूँका न जाय है मुझसे,
दिल कहे है कबीर हो जाऊँ।

مشیر جھنجھانوی صاحب، بیکل اتساہی صاحب تو بہت شفقت فرمایا کرتے تھے۔
دیکشت دنکوری کی شاعری کا خاصہ یہ ہے کہ وہ جب خواصین کے دالانوں سے نکل کر بلند وبالا ایوانوں میں داخل ہوئی تو وہاں بھی خوب خوب پذیرائی بٹوری۔ ہندوستانی وزیر اعظم عالی جناب نریندر مودی صاحب نے پارلیمنٹ میں دیکشت دنکوری کے اس شعر کو اپنی تقریر میں جگہ دی جس پر ہال تالیوں سے گونج اٹھا:

نہ مانجھی نہ رہبر نہ حق میں ہوائیں
ہے کشتی بھی جرجر یہ کیسا سفر ہے

عالمی سطح پر کروڑوں لوگوں تک یہ شعر پہنچا۔ بہت عرصے تک پذیرائی ہوتی رہی احترام وستکار کے میسج آتے رہے۔ دیکشت کے اس شعر کو یہ اعزاز حاصل ہوا کہ وزیراعظم نے اپنی تقریر کے لیے منتخب کیا۔ اسی طرح کے اور بہت سے کریڈٹ دیکشت دنکوری کے اکاؤنٹ میں جمع ہیں، جو ان کی حیثیت کو ممتاز کرتے ہے۔
مہاراشٹر کے سیکنڈری اسکول بورڈ کی ثانوی جماعتوں کے نصاب میں دیکشت دنکوری کے کلام کو شامل کیا گیا۔ مزید امتیاز یہ ہے کہ ایک یونیورسٹی میں ایم۔فل کی ریسرچ کے لیے دیکشت دنکوری کی شاعری کا موضوع تفویض کیا گیا۔ نفسیاتی معالج دیکشت کے اس شعر سے ڈپریشن میں مبتلا لوگوں کی ناامید زندگی میں حوصلہ دیتے ہیں:

لازم نہیں کہ ہر کوئی ہو کامیاب ہی
جینا بھی سیکھ لیجیے ناکامیوں کے ساتھ

لفظوں کو برتنے کا سلیقہ بھی اعلیٰ ہے کہ ان کی ترتیب سے ہی گھن گرج پیدا کردی گئی ہے کہ موسیقیت کی لہر پر شاعر کی کاریگری ہے کہ ترنم کا سمندر اچھالے مارتا ہے۔ سنتے ہیں اور سر دھنتے ہیں، پڑھتے ہیں اور بار بار پڑھتے ہیں، دیکشت دنکوری کے اس شعری مجموعے کی اشاعت پر دل کی گہرائیوں سے مبارکباد پیش کرتا ہوں۔ اُمید ہے کہ یہ مجموعہ پذیرائی کے اوّل درجے کو پہنچے گا۔

معین اختر انصاری

چاہتا ہوں امیر ہو جاؤں
ترے در کا فقیر ہو جاوں

ہر کوئی پڑھ لیتا ہے
میں نہ ہوا اخبار ہوا

آسماں ہے زمیں ہے لیکن
ہم فقیروں کا گھر نہیں ہوتا

ادبی حلقوں میں ان کے اشعار مثالوں اور ریفرنسیس میں کام آئے۔ گفتگو کا موضوع ہوئے، استعمال لاتمناہی ہوا، جامعات میں شعر کی تعریف وتوصیف میں دیکشت کا یہ شعر پڑھایا جاتا ہے کہ:

شعر اچھا برا نہیں ہوتا
یا تو ہوتا ہے یا نہیں ہوتا

عالی مرتبت شخصیات کے حضور دیکشت دنکوری کی شاعری نے دستک دی تو اسے ہاتھوں ہاتھ لیا گیا۔ توجہ کا مرکز بنی۔ پروفیسر گوپی چند نارنگ، کملیشور جی، پروفیسر قمر رئیس صاحب، بال سوروپ راہی صاحب، کرشن بہاری نوؔر صاحب وغیرہم نے نظر عنایت کی اور اپنی آراء سے نوازا بھی۔

جناب مخمور سعیدی صاحب نے کہا تھا کہ" دیکشت دنکوری نے اردو کی شعری روایت کو آپس میں سموکر اپنی شاعری میں ایک ایسا آہنگ پیدا کیا ہے، جس میں ہندوستان کی خوشبو پوری طرح رچی بسی ہے۔ ہندوستان کی دو اہم زبانوں کو ایک دوسرے کے قریب لانے کے لیے یہ ایک نیک شگون ہے۔"

محترمہ نور جہاں ثروت نے کہا تھا کہ" دیکشت دنکوری کی شاعری...لگتا ہے ہندی اردو گلے مل رہی ہوں۔ آنجناب گوپال داس نیرج نے کہا تھا کہ دیکشت دنکوری کی غزلوں میں وہ سبھی خوبیاں موجود ہیں جو ایک امتیازی غزل کے لیے ضروری ہیں۔

دیکشت دنکوری کی شاعری کا عہد شباب

دیکشت دنکوری کا زیر نظر شعری مجموعہ ''سب مٹّی' ان کا دوسرا مجموعہ ہے۔ جس کا انتظار طویل عرصے سے تھا۔ اس سے قبل ان کا پہلا شعری مجموعہ ''ڈوبتے وقت'' دو دہے قبل منظر عام پر آیا تھا جسے ہاتھوں ہاتھ لیا گیا تھا۔ خوب پذیرائی ہوئی تھی۔ اسی سے احساس ہوگیا تھا کہ آنے والے وقت میں یہ شاعر میل کا پتھر ثابت ہوگا۔ اس شعری مجموعے نے ان اُمیدوں کو پورا کیا ہے۔ ان کی شاعری پر اب عہد شباب غالب ہے۔ پختگی ہے، تجرباتی محرکات حاوی ہیں، مضامین کا تنوع لاجواب ہے، الفاظ کا نشست و برخاست عمدہ ہے۔

بات دل سے نکلتی ہے تو دل تک اثر کرتی ہے۔ کچھ بندھے ٹکے اصولوں تک ہی محدود نہیں ہے۔ کوئی ازم نہیں ہے۔ شاعری میں آفاقیت موجود ہے، انسانیت ہے، بین الاقوامی سطح کی شاعری ہے، خاص یہ ہے کہ وہاں قبولیت بھی ہوئی ہے۔ معاشیات کی ٹرم میں کہا جائے تو

"Dixit's poetry is at its marginal point"

نقطہ مختتم پر ٹھہرتی ہے، دیکشت کی شاعری۔

دیکشت دنکوری کی غزلیں شہرت کے بام عروج پر پہنچیں، عام لوگوں میں پہنچیں تو برزبان خاص و عام ہوئیں، ضرب المثل کے عہدے تک پہنچیں، اس قبیل کے چند ایک شعر گوش گزار کیے جاتے ہیں۔

ساتھ ان کے کھڑے ہو گئے
لوگ یوں بھی بڑے ہو گئے

نزاکت ہے، لیاقت ہے، نفاست ہے، شرافت ہے
یہ میدانِ غزل ہے، بس محبت ہی محبت ہے

نمی آنکھوں میں ہے، دل میں، دعائیں ہی دعائیں ہیں
لبوں پر مسکراہٹ ہے، غضب کی بادشاہت ہے

عداوت ہے، بغاوت ہے، خلافت ہے، شکایت ہے
تمہارے شہر میں تو بس، سیاست ہی سیاست ہے

नज़ाकत है, लियाक़त है, नसाफ़त है, शराफ़त है,
ये मैदाने-ग़ज़ल है, बस मुहब्बत ही मुहब्ब्त है।

नमी आँखों में है, दिल में दुआएँ ही दुआएँ हैं,
लबों पर मुस्कराहट है, ग़ज़ब की बादशाहत है।

अदावत है, बग़ावत है, ख़िलाफ़त है, शिकायत है,
तुम्हारे शह्र में तो बस, सियासत ही सियासत है।

سب مٹّی

دیکشت دنکوری

(उर्दू लिप्यन्तरण : असलम एजाज़)